바닥

교도소 이야기

바닥

교도소이야기

초판 1쇄 인쇄 · 2022년 5월 16일
초판 1쇄 발행 · 2022년 5월 25일

지은이 · 손옥자
펴낸이 · 한봉숙
펴낸곳 · 푸른사상사

주간 · 맹문재 | 편집 · 지순이 | 교정 · 김수란, 노현정 | 마케팅 · 한정규
등록 · 1999년 7월 8일 제2-2876호
주소 · 경기도 파주시 회동길(서패동) 337-16
대표전화 · 031) 955-9111(2) | 팩시밀리 · 031) 955-9114
이메일 · prun21c@hanmail.net
홈페이지 · http://www.prun21c.com

ISBN 979-11-308-1920-4   03810

값 17,000원

푸른사상
산문선

45

바닥

교도소 이야기

손옥자 수필집

푸른사상
PRUNSASANG

작가의 말

참 오래 걸렸다.

생각이 많았다. 쓰기도 전에 멈추었고, 멈추어선 한참을 다시 생각하기를 여러 번 하였다.

2008년부터 여러 교도소에서 문학(시) 강의(문화체육관광부 주최, 한국문화예술교육진흥원 주관)를 해왔고, 그동안 경험한 수형자들의 따뜻한 가슴을 보여주고 싶었다.

수형자들에게는 꽃처럼 피어 있는 상처가 하나씩 있다. 그 상처가 치유되는 것은 출소나 사면이 아니라, 끊임없는 관심과 사랑, 세상의 따뜻한 시선이라는 것을 말하고 싶었다.

퇴고는 수없이 이루어졌다. 과한 것 같아 수정하고, 모자란 듯하여 수정하기를 3년간 하였다.

바닥

상황상, 수필에 실린 수형자들의 시는 의도하여서, 혹은 의도치 않게 다를 수 있음을 알린다. 그리고 디테일하게 쓰지 못한 점 용서하기를 바란다. 디테일할수록 그들의 옷이 벗겨지는 것을 스스로 용납할 수 없기 때문이다. 오로지 그들 편에 서서 글을 썼음을 고백한다.

그동안 연재하였거나, 발표하였거나, 새로 쓴 작품을 모았다. 10년간의 긴 작업임에도 부끄럽기 그지없다.

그러나 가르치는 내내 행복하였고, 그들도 행복한 듯 보였다. 독자 여러분도 이 글을 읽는 내내 행복하였으면 좋겠다.

2022년 5월
손옥자

작가의 말

차례

바닥

제1부

이름 찾기

그들의 색깔과 모양과 몸짓에 알맞게 붙여진 그의 이름들을, 키가 작은 것은 쪼그리고 앉아서,

키가 큰 것은 서서, 같이 눈을 맞추면서, 예쁘고 환한 이름들을 조용히 불러보려고 한다.

예산 고택에 가면 헛담, 혹은 내담이라고 하는 담을 만날 수 있다. 내담은 보통 여주인이 거처하는 안채를 감싸고 있는 담인데, 바깥과 경계 짓는 큰 담 안에 있다. 바깥주인이 안주인을 기다릴 때, 내담 밖에서 헛기침을 하는데, 그 헛기침은 "나는 와 있소. 천천히 나오시오."라는 말의 뜻과 같다. 안주인이 충분히 준비할 수 있도록 기다리라고 가르쳐주는 담, 그것이 내담이다.

그래서 내담은 빗장이 없다. 빗장이 없으나 함부로 들어갈 수 없고, 스스로 나올 때까지 기다려야 하는 담, 재촉하거나 채근하지 않는 담, 그것이 내담이다.

내가 교정시설의 첫 담을 만난 건 2008년, 매화꽃이 막 필 무렵이었다. 9척이라고도 하고, 15척이라고도 하는 춘천교도소의 처음

본 담은 높았다. 그 높디높은 회색 담에는, 커다란 나무가 몇 개의 이파리를 떨어뜨리고 있는 그림이 그려져 있었다. 교정시설인데 희망적 그림이 아니라 낙엽이라니……. 지는 잎이 마음에 들지 않았다. 그렇지만 내가 생각하지 못하는 작가의 어떤 의도가 있겠지 생각하면서, 바깥 철대문 앞에 섰다. 철대문은 생각보다 냉정했다.

철대문을 열고 들어서니, 바로 또 철문이 가로막았다. 신원을 확인하는 곳이었다. 우리를 인도하는 교도관도 스스로 열지 못하고, 누군가 열어주어야만 나갈 수 있는 문인 것 같았다. 한참 기다린 후 드디어 어두운 군청색 철문이 열리고 안마당으로 들어서니, 햇살이 쏟아졌다. 잠시지만 역시 밖이 좋았다.

교도관과 함께 다시 본관 현관에 들어서자, 지하로 급하게 내려가는 수용자를 만나고, 머리를 숙여 목례를 하니, 수용자도 당황한 듯 고개 숙여 인사를 하였다. 열 걸음쯤 갔을까? 미닫이로 되어 있는 제법 큰 철문을 다시 열고 들어서니, 넓은 복도(여기서는 '중도'라고 불림)가 나왔다. 밥 차인 듯한 큰 수레를 끄는 수용자와 교도관이 우리의 왼쪽으로 지나가고, 우리는 오른쪽으로 넉넉하게 지날 정도로 복도는 넓었다.

넓고 긴 중도는 햇빛이 들지 않아서인지 추웠다. 같이 동행한 이남이 선생님(가수)은 밖의 온도보다 3, 4도가량 낮을 거라고 했다. 전에 수형자로 감옥에 있을 때도 으슬으슬 추웠다고 했다. 그러면서 "한이 많아서 그렇게 느낄 수도 있고." 하면서 웃었다. 두 개의 철문을 더 열고 몇 개의 계단과 좁은 복도를 더 지나서야 우리는, 우리를 기다리고 있는 수용자들을 만날 수 있었다.

열두 명이었던가? 수용자들이 앉아 있었다. 그들은 대부분 푸른 수의를 입고 있었고, 그중 한 명은 황토색 수의를 입고 있었다. 그들은 우리가 강의실로 들어설 때 우리를 슬쩍 쳐다보더니, 우리가 막상 강단 위에 서니, 시선을 다른 데로 돌렸다. 가능한 한 우리와 눈이 마주치지 않으려고 애쓰는 듯 보였다.

나는 우리가 여기에 왜 왔는지를 잠깐 설명하고, 이남이 선생님에게 마이크를 넘겼다.

"나는 여기가 고향이에요."

그들이 갑자기 이남이 선생님을 쳐다봤다.

"나도 여기서 좀 있어봐서 아는데, 여기가 얼마나 따뜻한지 잘 알아요."

그들이 웃었다.

"나는 오히려 여기가 내 집같이 편안해요."

그들의 얼굴이 다소 밝아졌다.

그들은 두 시간 내내 듣기만 하였다. 일어서라면 일어서고, 앉으라면 앉았다. 대열을 바꾸라면 바꾸고, 읽으라면 읽었다.

그들은 우리에게 무엇도 묻지 않았다. 묻지 않았지만, 그러나 우리는 기침을 하여야 하고, 내담 밖에 우리가 와 있음을 알려야 했다. 그리고 그들이 반응할 때까지 기다려야 하고, 그들 스스로 문을 열고 나오기를 기다려야 한다.

다소 멀긴 하지만, 나는 담양에 있는 소쇄원을 자주 간다. 평소에는 갈 때마다 정자에 마음을 뺏겨 다른 것을 볼 겨를이 없었는데, 지난여름엔 대봉대에서 제월당으로 가는 길 중간에 있는 토담 밑을 보게 된 것이다.

아, 담의 밑이 뚫려 있었다.

담의 밑을 뚫어놓다니……. 담은 가리고 막는 것이 본래의 기능인데, 안과 밖을 경계 짓는 것이 담의 기능인데, 그 담이 발을 살짝 들어올려, 밖에서 들어오는 물이 막혀 막막하지 않도록 문을 열어놓은 것이다. 안과 밖이 소통할 수 있는 통로를 열어놓은 것이다.
이 신기한 아름다움에 말문이 막혔다. 그것도 오랜 세월 물이 흘러서 물이 스스로 길을 낸 것이 아니라, 사람이 밖에서 흐르는 물이 막히지 않도록 담의 밑을 들어올려 물이 그대로 잘 흐를 수 있도록 길을 내주었다니, 얼마나 놀라운 일인가?

소통이었다. 소통, 그것은 가르치는 것이 아니라, 여는 것이다. 그 길은 안 된다고 막아서는 것이 아니라, 비켜주는 것이다. 배려하고, 한 발 뒤로 물러서는 것이다.

그래서 그런지 오곡문(五曲門)을 지나는 물은 맑고 깨끗했다. 그리고 급히 흐르지 않았다. 물은 다섯 번 부드러운 곡선을 그으며, 느리고 조용히 흘러 내렸다.

정호승 시인은 꽃씨 속에 숨어 있는 꽃을 보려면, 고요히 눈이 녹기를 기다리라고 했다. 흙의 가슴이 따뜻해지기를 기다리라고 했다.

나는 수형자들의 가슴이 따뜻해지기를 기다릴 것이다. 그들 가슴에 쌓인 눈이 녹기를 기다릴 것이다. 그리고 그들 스스로 문을 열고 나오기를 기다릴 것이다.

강의가 끝나고, 나와서 다시 본 9척 담벽 낙엽은 지는 것이 아니라, 새로 나올 초록의 자리를 마련하기 위하여, 스스로 내려온 거라는 걸 깨달았다. 껍질, 단단하지만, 세상, 그리 만만하지 않지만, 초록은 마른 가지 잘 열고 나올 것이라고 믿는다. 그래서 뾰죽뾰죽, 그 예쁜 주둥이로 봄을 물고, 영차영차 따뜻한 한 계절, 열심히 만들 것이라고 생각한다.

　여기저기 벌써 초록이다.

소통, 그것은 가르치는 것이 아니라, 여는 것이다.

담

이름 찾기

C교정시설에서 개강 후 가장 빨리, 그리고 가장 강렬하게 머릿속에 각인된 사람이 있다. L씨, 푸른 수의가 아닌 누런색 옷(1급수, 혹은 장기수)을 입고, 강의실 맨 앞자리 가장 오른쪽에 앉아 있던 사람, 늘 말이 없어 무슨 생각을 하고 있는지 알 수 없던 사람, 합평을 할 때도 일체 입을 열지 않던 사람, 조용히 있지만 확실한 존재감이 있었던 그가, 쉬는 시간에 내게로 왔다.

"저, 여기 더 있게 해주세요."

"네?"

"저 다른 데로 이감 가게 됐는데, 여기서 선생님한테 시를 더 배우고 싶어요."

"아, 예……."

"제 인생에서 이런 감정은…… 처음이에요. 시를 만나고…… 혼

란스러웠지만……, 저는…… 번호 꼬리표를 단 짐승인 줄 알았는데…… 사람이었더라구요. 그런 시, 이젠 놓치고 싶지 않아요. 사람으로 다시 환생할 수 있게 도와주세요. 이제 시가 없으면 살아 있는 게 아무 의미가 없어요. 죽을 거 같은 느낌이 들어요. 사람 한 번 살려주세요."

나는 고민을 했다. 어떻게 하나?

그는 무기수라고 했다. 사형수에서 무기수로 감형이 됐고, 20대에 들어와 이렇게 40대가 되었다고 했다. 모범수로 인정받아 몇 년 뒤에는 출소를 하지만, 세상이 무섭다고 했다. 그러나 시와 같이 나가면 의지가 될 거 같다고 했다. 아직 시는 낯설고, 자기 편이 되지 않았지만, 조금만 더 시와 같이 있으면 시와 친해질 수 있을 거 같다고 했다.

나는 총무과로 찾아가 선처를 부탁했고, 그래서 그런지는 몰라도 L씨는 두세 달 정도 더 있게 됐다.

그는 시에 몰두했다. 마치 기계에서 국수 가락을 뽑아내듯 시들을 줄줄 뽑아냈다. 그리고 정말 잘 썼다.

그런 그에게 어머니가 찾아왔다. 면회 시간은 10분. 그 10분을 위하여 아픈 다리를 끌고 불원천리하고 오신 어머니는 한번도 번호표를 달고 나온 아들의 이름을 부르지 않으셨다고 한다.

"밥은 잘 먹냐?"
"예……."

"엄마는요?" 하고 되묻고 싶었지만, 암으로 앙상하게 마른 어머니 앞에서, 그 또한 어머니의 이름인 "엄마"를 입에 올릴 수 없었다고 한다.

"……."
"……."

먹먹한 말없음표만 몇 개 남기고, 언제나 그랬듯,
"164번(가번)!"
교도관은 낯선 이름을 냉정하게 불렀고, L씨는 편찮으신 어머니를 뒤에 두고 나와선, 가도 가도 끝이 없는 긴 복도를 지나면서, 차갑게 닫혀 있는 수없는 철문 앞에서, 속으로 울음을 꾸역꾸역 밀어넣었다고 한다. 앞에 있으나 부르지 못한 이름, 산산이 부서진 이름, 부르다가 죽고 싶은 이름, 그 이름 엄마…….

자판기에서 '커피'라는

자기 이름을 누르면

탁-

내 앞으로 몸을 내밀고 서 있는

종이컵

_ 손옥자의 「사랑, 그 당당함에 대하여」 부분

이.철.호(가명). 누구 앞에서 한 번도 당당해보지 못했던 이름, 친구들끼리 떡볶이를 먹으러 갈 때도, 영화 구경을 갈 때도 언제나 제외되었던 이름 이철호…….

그는 그 이름을 버렸다. 한 번도 기를 펴지 못했던 이름, 가난에 찌들었던 이름, 사람들 눈을 피해 어두운 골목길만 배회했던 이름, 아버지의 술 취한 입에서나 한 번씩 불려졌던 이름, 그는 그런 냄새 나는 이름을 버렸다. 그의 이름을 걸고 살았던 인생도 버렸다. 숨 한 번 크게 쉴 수 없었던 인생, 지상으로 나올 수 없었던 인생, 아버지도 일찍 잘라버렸던 인생을 그도 이제 버렸다.

164번(가번), 낯설지만 새로운 이 이름, 이제는 제외되지 않는 이름, 빈부가 없고, 상하가 없는, 누가 누구를 제외시키지 않는 일련번호.

그는 그 번호를 달고 약용식물반에 들었다. 흙을 고르고, 씨앗을 심고, 물을 주고, 적당한 햇빛과 바람을 위해서 비닐하우스의 비닐을 반쯤 열어주기도 혹은 닫아주기도 하면서, 파란 싹이 올라오기만 기다렸다. 땅속에서 좋은 때를 기다리는 것들을 위해, 그는 미리 이름표를 만들어 꽂아주었다. 너는 '하얀 민들레', 너는 '작약', 너는 '당귀', '결명자', '국화'……

그러면서 그도 그의 버린 이름 자리에, 새로운 이름들을 붙이기 시작했다. '애벌레', '멍텅구리' '불효자'…….

나는 그의 이름을 찾아주기로 했다.

그가 시를 쓰면서 가장 곤혹스러웠던 것은, 버렸던 자기 이름을 제목 밑에 써 넣는 일이었다.

"이철호(가명) 선생님!" 하고 내가 부르면, 그는 이내 고개를 푹 숙였다. 일자로 차갑게 다문 입술과 도도하고 날카로웠던 눈빛이 일시에 퍽 무너졌다.

인생……
황폐하기 이를 데 없는

밤새 쓰디쓴 헛구역질

_ L씨의 「시(詩)라는 것은 왜」 부분

시라는 것은 왜, 그를 '밤새 헛구역질'을 해대게 하고, 그의 정신 세계를 평지풍파로 만들어버리는 건가? 오랜만에, 참으로 오랜만에 그는 자신을 돌아보면서, '황폐'하기 이를 데 없는 자신을 발견한 것이다. 죽은 지 오래라고 생각했던 자아가, 주검이라고 생각했던 삶이, 어둠 저 밑바닥에 나동그라져 있는 것을 발견한 것이다.

> 엄마, 오래도록 건강하게 살아만 계세요
> 제가 날마다 업고
> 엄마가 좋아하는 꽃 찾아
> 어디든 갈게요 엄마

_ L씨의 「엄마」 부분

그는 어머니의 이름 "엄마"를 찾았고, 찾은 후로는 시편마다 거의 빠트리지 않고 써 넣었다.

L씨는 부드러워졌다. 세계를 주름 잡기만 바랐던 그가, 이젠 꽃 진 자리도 보이고, 석양이 꽃처럼 내려와 앉는 것도 보이고, 하늘을 올려다볼 줄도 아는 것이다. 그의 시선은 따뜻했다.

생명이 잉태되는 순간부터 붙여진 이름, 어쩌면 존재를 인식한다는 건 이름으로부터 시작되는지도 모를 그 이름, "존재의 흔들리는 가지 끝에서" "이름도 없이 피었다 지(김춘수의 「꽃을 위한 서시」)"게 될 뻔한 그는, 20여 년 만에 이름을 돌려받았다.

올해는 봄이 일찍 찾아왔다. 몇십 년 만의 일이라고 한다. 3월 첫째 주부터 꽃이 피기 시작하더니, 4월 초인 지금은 정점에 달한 것 같다. 오늘은 진달래, 개나리, 벚꽃, 복사꽃, 배꽃이 환하게 길을 터놓은, 그리고 민들레, 제비꽃, 앵초, 패랭이가 낮은 걸음으로 쪼로록 따라오는 안양천에 가보려고 한다.

가서, 그것들의 예쁜 이름들을 하나씩 불러보려고 한다. 그들의 색깔과 모양과 몸짓에 알맞게 붙여진 그의 이름들을, 키가 작은 것은 쪼그리고 앉아서, 키가 큰 것은 서서, 같이 눈을 맞추면서, 예쁘고 환한 이름들을 조용히 불러보려고 한다.

지난 겨울은 참 길었다.

바닥

　언젠가 미국에 있는 엠파이어스테이트빌딩 102층에 올라가려
고 줄을 선 적이 있었다. 그곳에 올라가기 위해서는 고속 엘리베이
터를 타야 하는데, 세계 각지에서 몰려온 사람들이 어찌나 많은지
세 시간을 넘게, 그것도 앉을 자리가 없어서, 꼬박 서서 기다렸다.
기다리면서 중도에 포기할까도 몇 번 생각했지만, 그럴수록 오기
가 생겨 끝까지 기다리기로 하였다. 내 반드시 올라가서 무엇이 있
는지 보리라!

　세 시간 삼십 분이 돼서야 겨우 102층으로 올라가는 엘리베이터
를 탈 수 있었다. 엘리베이터는 세 시간 삼십 분을 기다린 나를, 눈
깜짝할 새에 102층에 부려놓았다. 102층에 내리니, 가슴이 두근두
근. 무언가 대박, 혹은 비경, 혹은 비상을 기대하며 얼른 창가로 와
아래를 내려다보았다. 내려다보니,

내 눈에 보이는 건 전부 바닥, 바닥이었다.

교정시설 수업 프로그램 중 '감정 발견하기'라는 제목이 붙은 수업이 있다. 눈사람 종이(눈사람 그림이 있는 A4 용지. 복사물)에 '먼 단어'와 '가까운 단어' 즉, 눈사람의 가슴에는 평생 살아오면서 가장 좋아했던 단어를 쓰고, 눈사람의 머리에는 평생 가장 싫어했던 단어를 써서, 그 단어가 왜 그렇게 좋고 싫은지 설명하는 프로그램이다.

그 수업은 시간이 많이 걸린다. 이해를 못 해서 시간이 걸리는 것이 아니라, 내가 평생 제일 싫어하는 단어를 쓰는 것이 어렵기 때문이다. 싫은 그 단어를 다시 소환해내기가 싫은 것이다. 그러나 나는 기다린다. 그리고 그들은 어렵지만 써낸다.

그렇게 써낸, 교정시설에서 가장 싫어하는 두 단어 중 하나가 "바닥"이다.

바닥이 왜 싫은지는 분분하다. 바닥이라고 느꼈을 때 여기에 들어오게 되었거나, 여기에 들어와서 바닥이라고 느꼈을 수도 있었을 것이다.

그러나 어쩌면 인간은, 평생 바닥을 벗어날 수 없는 존재인지도 모른다. 바닥에서 태어나 바닥에서 살다가 바닥으로 돌아가는 게 우리네 인생이 아닐까?

바닥을 벗어나려고 애를 쓰면 쓸수록 붙들고 늘어지는 곳도 바닥이고, 애써 오른 곳도, 올라와서 보이는 곳도 모두 바닥이니, 어쩌면 인간은 평생 바닥을 안고 살아가야 하는 관계인지도 모르겠다.

그래서 높이 오른다고 하는 것은, 어쩌면 더 깊고 아스라한 바닥을 경험하는 일일 수도 있겠다.

그래서인지 생각보다 바닥의 등은 두껍고 질기며, 강하고 단단하다.

바닥은 절망들이 더 이상 추락하지 않도록 평정심을 유지하며 받쳐주고 있다. 그래서 절망하거나 좌절한 사람들은 누가 먼저랄 것도 없이 바닥의 품으로 모여든다.

바닥은 평지에 앉아 있는 사람들에게는 등을 내밀지 않는다. 빠르게 올라가는 날개 밑에 등을 댄다. 자주 퍼덕이는 날개는 호흡이

고르지 않기 때문에 언제 떨어질지 모르기 때문이다. 신중하지 않기 때문이다. 땅의 거리를 재지 않고 하늘만 바라보기 때문이며, 고개를 위로만 두어, 세상이 허방이라는 것을 모르기 때문이다.

수형자들은 말한다. 교정시설, 여기가 바닥이 아니라, 가족과 주위 사람들이 자기를 불신하는, 그들의 시선이 치명적 바닥이라고.

엠파이어스테이트빌딩 102층에서 바라본 바닥은, 뉴욕 도심 어딘가를 향하여 무수하게 뻗어가고 있었다. 그러나 조용히, 한껏 몸을 낮추고 있었다. 그 조용히 엎드려 있는 바닥 속으로, 강물이 흐르듯 길들이 서로 순하게 교차하고 있었다. 직선으로 뻗은 길이 굽어져 들어오는 길을 받아들이고, 굽어져 들어오는 길은 저보다 작은 길의 손을 잡아주었다. 바닥은 분명히 움직이고 있었다.

그래서 바닥은 제 등을 넓게 펴는 것인지도 모른다. 넓게 펴서 수없는 길을 들이고 내보내며, 함몰된 구멍이나 갈라진 틈새를 덮고 있는지도 모른다. 바닥은 그들이 자기에게 온 이상, 더 이상 넘어지지 않고 다시 일어나기를, 그리고 걸음을 떼기를 간절히 바라고 있는 것이다.

바닥은 엎드려 있지 죽은 것이 아니야 실패하거나 넘어진 사람들은 바닥에 발목이 잡혔다고 생각하지만 아니야 바닥은 남의 발목을 잡지 않아 바닥은 바닥이기 이전에 길이었어 길의 힘줄로 되어 있지 잘 들여다보면 바다 속 바닥의 수심 깊은 곳에도 수 갈래의 길이 있어

그리움의 닻을 내리고 날개를 접은 친구여, 그리움이 오래 묵으면 나바호 사암처럼 화석이 되는 법 오래전에 새겨진 출렁이는 푸른 길들도 조용히 혹은 은밀히 바람에게 내어주었던 길들도 스스로 굳어가는 법 그러나 바닥의 심장은 강해 속으로 삼킨 울음이 많기 때문이지

일어나 그리고 잘 살펴봐 바닥엔 문이 있어 네 몸 칸칸이 그어져 있는, 붉은 벽돌이라고 생각했던 그것, 그것이 문이야 자신의 은밀한 내부로 통하는, 더 이상 밀려날 수 없는 각도의 귀퉁이에서 신중하게 들여다보아야 보이는

밤새 비를 맞고 흐려진 몇 줄의 언어를 구깃구깃 쥐고 있는 삶이여 삶의 본질인 그리움이여 일어나 물기를 털어내 눈물을 털어내 그리고 날개를 펴 로드 드림으로 가는 길은 열려 있어

네 몸 안에는 이백 개의 문이 이미 열려 있으니

_ 손옥자의 「바닥에 엎드려
점점 바닥이 되어간다고 생각하는 친구에게」 전문

바닥에는 가끔 편지지나 백지 몇 장이 누워 있다.

그들은 바닥이 아니기 위하여, 바닥에 엎드린다. 엎드려서 발자국을 찍으며 일어서는 걸음을 연습한다.

나는 수형자들의 길고 짧은 편지를 받은 적이 몇 번 있다. 한때 삶을 포기했던 그들의 붓은 풋풋했다.

어떤 수형자는 편지 속에 매화를 그려 넣었다. 빨간 볼펜으로 핀 홍매는 금방 눈을 털고 나왔는지 볼이 붉었다. 뿌리를 어디에 두었는지는 모르지만, 편지지 안으로 뻗어 들어온 가지가 굵고 힘차다.

추웠을 것이다. 그러나 수없는 울음을 속으로 삼킨 바닥이, 매화의 뿌리를 가슴에 꼬옥 묻고 있으니, 그리고 이 겨울에도 어느 나뭇가지 위로 쉼없이 물을 보내고 있으니, 장담컨대 바닥은, 환하고 따뜻한 봄을 피워 올릴 것이다. 분명히!

바닥은 엎드려 있지 죽은 것이 아니야.

오감도

아직 2월인데 베란다의 철쭉이 꽃을 피웠다.

5년 전인 듯싶다. 무심히 지나는 걸음 붙잡을 정도로 꽃이 진하고 예뻐서 샀는데, 그 한 해 꽃을 피우고서는 그만이었다. 나는 잎까지 져버린 화분이 보기 싫어서 버리려고 내놓았는데, 남편이 흙이라도 쓰자고 들여놓은 것이 이렇게 꽃을 피운 것이다. 그것도 홑겹이 아니라, 겹꽃 송이를 일곱, 여덟, 아홉 송이나 달고, 이 겨울, 집 안을 온통 꽃밭으로 만든 것이다. 뾰죽 봉오리를 올릴 때만 해도 조마조마하더니, 이렇게 당차게 진분홍으로 입을 연 것이다. 한 겨울 확실하게 봄을 찍은 것이다.

A교정시설에서의 일이다. 여기서도 마찬가지로 수업 첫 시간(1

년을 시작하는 첫 수업, 즉 4월 첫 수업)에 자기소개를 하는데, 맨 뒤에 앉아 있던 청년이, 시작도 하기 전에 자기는 소개를 안 하겠다고 손을 내저었다. 반가운 일은 아니지만 알았다고 눈짓하고는, 아무 일 없다는 듯 그대로 진행을 했다. 분위기를 깰까 봐 큰 소리로 왜 그러냐고 묻지는 않았지만, 굳이 안 하겠다고 손사래 친 이유는 궁금했다.

청년(보통 수강생들은 40대 이상 장년이 많고, 청년은 드물다)은 언제나 맨 뒷자리에 앉았다. 조용히 앉아 있다가 수업이 끝나면 조용히 갔다. 날이 갈수록 합평을 들으려고 서로 다투어 시를 제출하는 수강생들과는 달리, 청년은 시도 내지 않고, 평도 하지 않았다. 수업이 끝나도 우리 앞에 와 다투어 인사하며 헤어지는 다른 사람들과는 달리, 조용히 사라지곤 하였다. 두 시간 수업 중 10분 쉬는 시간에도 청년은, 화장실에도 다녀오지 않고, 다른 사람들처럼 옆 사람과 잡담을 하지도 않았다.

개강 후 한 달쯤 되었을까? 나는 쉬는 시간에 그에게로 가 공책과 수첩을 주면서,
"화장실 안 가도 돼요?"
하고 물었다. 그는 슬몃 웃었다. 입꼬리가 살짝 오르려다 이내 내려갔다.

"몇 살이에요?"

그는 웃으며 손가락으로 서른두 살임을 알려주었다.

"결혼은?"

그는 고개를 가로저었다.

"집은?"

그러자 그는 공책에다 'seoul'이라고 영어로 썼다.

"시는? 배운 적 있어요?"

그러자 그가 조용히 웃었다.

어느새 사람들이 자리에 앉아, 내가 강단에 서기를 기다렸다.

그다음 주도 그는 맨 뒤에 앉아서, 조용히 강의를 듣다 조용히 사라졌다. 그다음 주도 그다음 주도 그랬다.

"저 맨 뒤!"

그가 화들짝 놀라 나를 쳐다보았다.

"이름이 뭐예요?"

그는 당황한 듯 고개를 숙였다.

"지금 박수영(가명) 선생님이 읽은 이 시 어때요?"

그는 안심한 듯 소리 없이 웃기만 했다.

나는 청년이 궁금했다. 쉬는 시간에 다시 그에게로 갔다.

"시, 안 쓸 거예요?"

하고 묻자, 그는 내 물음이 반가운 듯,

　'시를 선생님이 읽어주시면.'

하고 공책에 썼다. 나는 순간,

　'아, 청년이…… 말을 못 하는 벙어리?'

하고 생각하니, 갑자기 가여워 견딜 수가 없었다. 저 조각같이 예쁘고 앳된 청년이 벙어리라니……. 내 얼굴 표정을 가만히 살피던 청년이,

"선생님, 저 벙어리 아니에요."

했다.

"헉!"

깜짝 놀랐다. 그가 말을 한 것이다. 몇 달 동안 단 한 번도 입을 열지 않던 청년이 말을 하다니…….

"아니, 근데 왜?"

"목소리가 이래서……."

"아……."

청년의 목소리는 잘 들리지 않았다.

　내가 안타까워하는 얼굴로 바라보자, 그는 쉬어서 잘 들리지 않는 목소리로 천천히 설명을 해주었다.

그의 목소리는 좋았다고 한다. 큰 행사에 진행을 맡아서 할 만큼, 말솜씨도 인정을 받았다고 했다. 그런데 어떤 사건이 터지고, 사람들과의 관계에 큰 상처를 입은 다음부터 입을 닫아버렸다고 한다. 불소통한 사람에 대하여, 아무리 말을 해도 들어주지 않는 세상에 대하여, 그는 말할 필요를 느끼지 않았다고 한다. 그는 신문방송학과를 나왔고, 친한 친구들은 신문기자로, 방송국 기자로, PD로 활동 중이라고 했다.

나는 놀라움을 금할 수가 없었다. 말하는 직업을 가진 친구 뒤에 입을 닫아버린 친구……

"2년 동안 말을 안 했더니, 목소리가 이렇게 되어버렸어요."
그는 속삭이듯 말했다.
"그래도 참 끈질기죠?"
"뭐가요?" 하고 묻고 싶었지만, 쉬는 시간은 짧았고, 청년은 돌아갔다.

나는 한 번도 수강생들에 대해 궁금해한 적도(시를 보면 다 알기 때문에), 또 교도관에게 수강생에 대해 물어본 적도 없었다. 그러나 그 청년은 궁금했다.
"저……, 그 맨 뒤에 앉아 있던 청년요."
"아, 274(가번)요? 독방에 있는데, 내가 권유했어요. 마음을 추스

르는 데 도움이 될 것 같아서.”

“독방요? 아니 왜 독방에……?”

“자살을 하려고 해서요.”

“자살요? 아니 그렇게 잘생기고, 앞길이 구만 리 같은 청년이 왜……?”

다음 주 쉬는 시간에 나는 그 청년에게 이름이 뭐냐고 물었다. 그 청년은 ‘오(烏)’라고 종이에 썼다. “까마귀 오?” 하고 내가 묻자. 청년은 고개를 끄덕이지도, 가로젓지도 않았다. 그러고는 ‘필명’이라고 공책에 썼다. 시를 제출할 때나 자기소개할 때 모두 실명을 쓰는 데 반해 이 청년은 굳이 필명을 내놓았다. 무엇이 이 청년을 까마귀로 만들어버린 것일까?

한번도 시를 내지 않던 그가, 종강을 한 달 정도 앞둔 어느 날 시 한 편을 가지고 왔다.

> 비명이 창살을 움켜쥐고 이마를 쪼는 순간 반동적으로
> 난 까마귀였다
>
> 까악까악
> 하늘이 번역되고

바람이 번역되고
…(중략)…

새하얀 뼈 속까지 게워내야
바람에 불리울 수 있다는 것을

"하늘이 번역되고/바람이 번역되고" "새하얀 뼈 속까지 게워내야/바람에 불리울 수 있다는 것을".

그다음 해, W교정시설에서 소장님과 함께 운동장을 가로질러 가는데, 누가 "선생님!" 하고 불렀다. 돌아보니, 오(鳥)였다. 축구를 하고 있었다.

"아니 어떻게 여기에?"

"이감 왔어요."

그는 밝게 웃었다.

"목소리……?"

"네!"

그의 목소리는 맑았다.

그 후 까치가 가끔 내 창을 찾았다. 겨울을 이겨낸 철쭉을 보러 오는 것이리라. 일곱, 여덟, 아홉……. 철쭉은 보란 듯이 그 작은 몸으로 연신 봄을 피워 올리고, 까치는 까악 까악, 하나 둘 셋 봄을 세고 있었다.

비명이 창살을 움켜쥐고 이마를 쪼는 순간, 반동적으로 난 까마귀였다.

아이가 왔습니다

    충격적인 동영상을 보았다. 예쁜 둥지에 토끼 새끼 세 마리를 두고, 어미 토끼가 먹이를 구하러 간 사이에, 커다란 뱀이 그 둥지를 덮쳐, 어린것들의 목줄을 따리를 틀어 조이는 것이었다. 뒤늦게 도착한 어미 토끼는 반응이 없는 새끼의 얼굴에 자기 얼굴을 갖다 대고 뭔가 살피는 듯하더니, 새끼 두 마리가 죽은 것을 확인하고선 갑자기 사나운 짐승처럼 날뛰기 시작했다. 몸이 펄펄 날았다. 어미 토끼는 이미 토끼가 아니었다.

    예상치 못한 어미 토끼의 공격에 뱀이 갑자기 도망치기 시작했다. 어미 토끼는 도망가는 뱀의 머리며, 허리며, 꼬리를 사정없이 물어뜯고, 잡아당기고, 비틀고, 그것도 모자라, 자기 몸을 날려 그 긴 뱀을 뒤집어버렸다. 허연 배를 드러내며 허공에서 한 바퀴 돈 뱀은 사색이 되어 담 위로 기어올랐다. 토끼는, 올라가는 뱀의 몸통을 물고 허공을 날아 바닥에 내팽개쳐버렸다. 혼비백산한 뱀이 간신히 돌담을 기어올라 멀리 자갈밭으로 도망치는데, 토끼는 지구 끝까지 따라갈 기세로 끈덕지게 물고 늘어지는 것을 보았다. 충격이었다. 정말 충격적인 장면이었다.

순하디순한 토끼에게 어디서 저런 힘이 나올 수가 있을까? 더구나 자기보다 먹이사슬에서도 훨씬 상위에 있는 뱀한테. 나는 한참 동안 멍하니 그 자리에 앉아 토끼의 그 초인적인 힘에 넋을 잃고 있었다. 물론 사람도 극한에 몰렸을 때, 불가사의하고 초인적인 괴력을 내는데, 보통 인간은 힘의 10퍼센트도 잘 쓰지 않는다고 한다. 그 힘을 모두 쓰면 근육 자체가 파괴되므로, 뇌가 완전히 미치지 않고서야 근육에 그러한 명령을 내리지 않기 때문이라고 한다.

나는 얼마 전 두 개의 기사를 읽은 적이 있다. 하나는, 차 바퀴 밑에 깔린 아이를 구하기 위해, 차를 들어 올려 자식을 구했다는 엄마의 믿기 어려운 이야기이다. 남자도 아닌 여자가 차를 번쩍 들어 올려 자식을 구했다니 놀라울 따름이었다. 또 하나의 기사는 호랑이 우리 안으로 들어간 자식을 구하기 위해 호랑이도 포기한 쇠창살을 구부려 아이를 꺼낸 부모의 이야기다.

두 기사를 보면, 초인적인 힘을 나오게 한 공통분모는 '자식'이었다. 자식 앞에서는 뇌나 근육을 따지지 않고 몸이 먼저 반응하는 것이다. 내가 들어가면 위험할 것이다, 혹은 죽을 것이다를 생각하지 않고 오로지 자식을 살려야겠다는 일념 하나가 그런 초인적인 힘을 가져오게 되는 것이다.

내가 교정시설에서 강의를 몇 년 하는 동안, 수용자들이 낸 시(詩)는 수만 편에 달한다. 그러나 그중에 자식에 대한 시는 거의 없다. 일곱 개 교정시설을 통틀어 열 편도 채 되지 않는다. 그래서 나는 이들의 자식에 대하여 아는 것이 거의 없다.

또 5년이나 7년 동안 계속 이어서 강의해왔던 춘천이나 영월 교정시설의 수용자들(수업 참여 수용자는 매년 다름)도, 본인의 처지나 상처에 대해서는 시간이 모자랄 정도로 많은 이야기를 하고, 남편이나 아내, 어머니와 아버지에 대한 것도 시와 이야기를 통해 대충 알 수 있지만, '자식'에 대해서는 입을 열지 않았다. 왜일까?

오랜만에 자식에 대한 시 한 편이 나왔다.

아이가 왔습니다

.

.

.

아이가 갔습니다

유난히 눈이 큰 아이……

_ S씨의 「아이가 왔습니다」 전문

오랜만에 시에 등장한 아이……, '오랜만'이 증명하듯 아이와의 거리에는, 다른 시에서 볼 수 없는 많은 점이 글자 대신 띄엄띄엄 놓여 있었다.

한동안 강의실은 숙연했다. 나는 S씨에게 아무것도 묻지 않았다. S씨의 나이가 40대이니, 아이는 아마 10대일 것이다. 다만 사춘기가 아니길 바라지만, 사춘기면 또 어떤가? 푸른 수의를 걸치기까지 아빠가 겪었을 고초를 생각하며, 고개 숙인 아빠를 응원하길 바란다. 그리고 훗날 그것이 아이의 인생에서 무엇에도 흔들리지 않는 버팀목이 되기를 바란다.

조창인의 『가시고기』라는 소설이 있다. 백혈병을 앓는 열세 살의 어린 아들에게, 가난한 시인 아버지가 마지막 가지고 있는 본인의 각막을 팔아 아들에게 골수를 이식하고 죽는 이야기이다. 아들을 살리고 아버지는 죽는다.

내 친구는 이 소설을 울며울며 다섯 번이나 읽었는데, 가난한 아버지가 한 마지막 말이 잊혀지지 않는다고 했다.

"진희 씨, 이런 말 알어? 사람은 말이야, 그 아이를 세상에 남겨 놓은 이상, 죽어도 아주 죽는 게 아니래."

참 슬프기 그지없는 일이다. 자식을 남겨놓은 사람은 제대로 죽지도 못한다니……. 세상에 남겨진 아이가 아플까 봐, 다칠까 봐, 상처 받을까 봐, 외로울까 봐 눈도 감지 못한다니……. 세상에 이런 기막힌 일이 어디 있느냐 말이다.

우리나라가 아이 안 낳는 나라로 세계 최상위라고 한다. 그 얘기를 처음 들었을 때는 충격이었다. 큰일이다 생각했다. 그런데 지금 생각하니, 아이 키우기가 너무 힘들어서, 돈이 너무 많이 들고, 아이를 낳아도 육아휴직 기간이 너무 짧고, 아이를 안심하고 맡길 수 있는 곳이 없고, 이런 여러 가지로 불안해서 아이를 안 낳는 것이 아니라, 죽을 때 제대로 죽지 못하고, 죽을 때조차 눈을 감을 수 없어서임을 이번에 알았다.

사실, 억지 좀 부려봤다. 그럴 리가 있겠는가? 다만 가난한 세상의 아버지들이, 아픈 세상의 아버지들이, 너 때문에, 너한테 더 잘해주기 위해서 온갖 짓을 다 하다 이렇게 됐다, 그러니 나는 당당

아이가 왔습니다

하다, 아내에게 큰소리치듯, 왜 떳떳하게 얘기를 못 하느냐 말이다. 왜 자식 앞에서 아버지들은, 단 한 마디의 변명도 못하고 고개를 숙여야 하느냐 말이다.

어쨌든 나는, S씨의 평소 그 당당함이, 그 유머와 위트가 다시 살아나기를 바란다. 그리고 평소에 제출했던 시들처럼, 다시 시가 길어지기를 바란다. 그래서 그 시가 너무 길어 합평할 때 반으로 잘리면, "다 빼면 남는 게 뭐가 있느냐?"고, "오늘 장사 망쳤다."고 바득바득 다시 대들기를 바란다.

그러나 나는 믿는다. S씨의 그 까만 분꽃씨 같은 점에서 곧 초록 웃음이 발아할 거라고, 발아해서 곧 환하게 만천하에 "봄이야! 봄이 왔어!" 하고 알릴 거라고. 그래서,

이 긴 겨울은, 다만 봄을 위해 있었던 거였다고 말할 거라고!

아이가 왔습니다

. . . 아이가 갔습니다

아이가 왔습니다

나란히 앉고 싶은 편지

A교정시설에서 받아온 시를 복사하려고 보니, 한 통의 편지가 끼어 있었다. 빡빡하게 쓴 열 장의 편지는,

3년 형을 받았는데, 여기 A교도소가 네 번째라고 했다. 보통 특별한 일이 없으면 한 교도소에서 형을 다 마치는데, C씨는 2년 동안 네 군데를 옮겨 다닌 것이다.

그는 입소 후에 가정적인 문제로 큰 충격을 받았고, 그 뒤 몸을 함부로 놀렸다고 한다. 그래서 가는 곳마다 기물을 부수고 난동을 부려 문제수로 낙인이 찍혔고, 6개월에 한 번씩 다른 교도소로 옮겨 다니게 됐다는 것이다.

여기 역시 오자마자 기물을 파손하는 등 난동을 부리고, 다시

최고경비등급소인 청송으로 보내달라고 고함을 쳤다는 것이다. 그는 여기서도 특별관리대상자로 분류가 되었고, 모든 것을 포기하고 체념한 채 독방에서 생활하는데, 사회복귀과에서 시 창작 수업을 받아보면 어떻겠느냐는 제의가 왔고, 말하자마자 일언지하에 거절을 했다고 했다. 그래도 사회복귀과에서는 교도관이 계속 찾아왔고, 그러는 사이 슬며시 궁금해졌다고 한다.

'뭔데 그러지?'

'그럼 한번 가볼까?'

하는 생각으로 왔다는 것이다.

와서 보니, 그는 입이 다물어지지 않았다고 한다. 이런 딴 세상이 존재할 거라고는 상상도 못 했다는 것이다.

공부라고 하는 것에는 이미 신물이 날 만큼 나 있었기 때문에, 그리고 이제 인생이라고 하는 것에는 개한테 줘도 안 먹을 것이라고 생각했기 때문에, 바라는 것도, 더 이상 잃을 것도, 버릴 것도 없었기 때문에, 그냥 한번 굿이나 볼까 하는 마음으로 나왔었다는 것이다.

그런데 여기엔 사람이 있었고, 인생이 있었고, 언제 적에 집어치운 눈물이 있었고, 감동이 있었고, 나란히 앉은 동료가 있었고,

얘기를 하면 들어주는 사람이 있었고, 시 속에는 저와 같은 처지의 아픈 인생들이 너무나 많아, 꺼이꺼이 같이 울 수도 있었다는 것이다.

폭포가
제 몸을 얼리는 것은
더 이상,
밑으로 내려서지 않기 위해서다

춥지만!
몸 안으로 찬바람
빵빵하게 밀어 넣고

목청을 꺾는다

뼈 마디 마디 하얗게 들어차는
묵언, 묵시

한 방울도
흘리지 않는다

_ 손옥자의 「겨울폭포」 전문

나란히 앉고 싶은 편지

그 후 C씨는 시 창작 수업이 있는 월요일만 기다리며 산다고 했다. 한 가지 걱정은 축구를 하다가 인대가 늘어나서 수술을 해야 하는데, 월요일이 걸릴까 봐 그게 걱정이라고 했다.

그는 해야 할 일이 있는 게 기쁘다고 했다. 어두운 굴에서 드디어 나와 새로 인생을 시작하는 느낌이라고 했다. 실수 없이 잘해야 할 텐데 하는 생각으로, 모든 것을 신중하고 겸손하게 하려고 노력한다고 했다.

그는 이제 새로 스타트한 인생을 흠 없이 잘 키워나가고 싶었다. 그래서 합평 시간에는 동료의 시에 아주 조심스럽게 입을 열고, 동료의 마음이 상할까 봐 조심하는 눈치가 역력했다.

그러나 우려하던 일이 현실로 다가왔다. 이감이었다.

그는 잘하겠다고, 아니면 시 창작 끝날 때까지만 여기 있겠다고 말을 했지만, A교도소는 단호하게 이감시키기로 했다고 한다.

그는 가면서 편지로 시 합평을 받겠다고, 손옥자 선생님께 그 편지를 전해달라고 말했지만 교정시설 쪽에서 들어주지 않았다고 동료 수용자가 내게 전해주었다.

그리고 또 다른 수용자 한 사람이 쉬는 시간에 내게로 와서,

"C씨가 저한테 편지를 보내겠대요, 그러면 선생님이 그 편지에 의견을 써서 다시 저한테 (왜냐하면 내가 직접 편지를 받을 수 없으므로) 주실 수 있느냐고 여쭤보래요"

했다.

C씨는 모레 이감한다고 했다. 그래서 오늘 바로 답을 주어야 한다고 했다.

'하…….' 나는 생각이 많았다.

'어떻게 해야 하나…….'

그러나 나는 규율을 따라야 했으므로, 교도관한테 말하지 않을 수 없다는 결론을 내리고, 어쩔 수 없는 상황을 내게 온 수용자에게 말했다. 그러자 그 수용자는 그러면 안 될 거라고 했다. 왜냐하면 이미 거절을 당했기 때문인 것 같았다.

가슴이 아팠다. 저런 분들을 위해 우리가 여기에 왔는데……. 여기서 하고 있는 교육 기간, 그 시간 내에서만이라도 그렇게 하면 어떨까 싶은데……. 안 되는 이유는 지금도 잘 모르겠다.

나란히 앉고 싶은 편지

그러나 나는 C씨가, 이미 이 세상에는 좋은 사람들이 존재하고, 나처럼 아픈 인생들이 많다는 것을 알았으니, 사람과 나란히 앉아 세상 속으로 천천히 나갈 거라고 믿는다.

골드스미스는 최대의 영광은 한 번도 실패하지 않는 것이 아니라, 넘어질 때마다 다시 일어나는 것이라고 했다. C씨도 다시 일어날 것이다.

뼈마디마디 하얗게 들어차는 묵언, 묵시

소년원 아이들

내 인생의 가장 바보 같은 실수는 지금까지 미래를 생각하지 않은 일입니다. 내 인생의

가장 큰 실수는 지금까지 나와 같은 실수를 하는 사람들을 그냥 바라보기만 했던 일입니다.

꽃을 보려면

나는 정자를 참 좋아한다. 파란 잔디 위에 그림같이 앉아 있는 모습도 좋고, 사방이 훤하게 터져 있어, 내가 그곳에 앉아 있으면, 내가 자연이고, 자연이 나인 물아일체를 느낀다. 그래서 그런 정자에 앉아 있으면 나는 바로 신선이 되어버린다. 인생의 모든 잡다한 것들을 잊어버리고, 나도 하나의 바람, 풀, 꽃이 되어 흐른다. 지나던 소슬바람 들어와 볼을 부비고, 새들은 숲속 어디선가 초로롱 초로로롱 노래를 하고, 나비며 잠자리 날아 들어와 내 머리며 어깨에 앉아 쉬다 가고, 민들레와 제비꽃 느린 걸음으로 다가와 간간이 웃는 정자를, 난 참 좋아한다.

어느 하루 빛 좋은 날
하늘 한 평 뚝딱 떼어내
느티나무 그늘이 슬며시 밀고 가는

토담 가까이
내 평생 소원하던
정자 하나 지어놓고

시도 때도 없이 우리 아버지랑
바둑 두었으면 좋겠네

국화향이 슴슴하고
부엉이 울음 따라 내려오는 산 그림자 가끔
꺾여 들어오는 곳

계절이 가고 또 오고
우리 아버지 굽은 등 같은 완만한 산을
한쪽 풍경으로 두고
이 가을 한낮,
아버지랑 도란도란
행복한 시름에 잠겼으면 좋겠네

_ 손옥자의 「정자가 있는 집」 전문

그래서 나는 정자가 세 개나 있는 소쇄원을 자주 찾는다. 내가
사는 서울에서 담양까지의 거리가 가까운 건 아니지만, 대봉대에,

제2부 소년원 아이들

광풍각에, 또 제월당에 하릴없이 앉아, 대숲에서 불어오는 바람과 새소리, 물소리에 실컷 마음을 빼앗겼다 돌아오면, 마음이 넉넉해진다.

정자는 쉬어 가라고 말한다. 급하게 가는 인생에게 걸음을 늦추라고 말한다. 그러나 우리는 늦추고 기다리는 것에 약하다. 고속도로에서도 내비게이션을 켜 지름길을 택하고, 회사에서도 바로 윗자리로 가는 낙하산을 부러워한다. 학교도 빨리빨리, 일도 빨리빨리 끝내기를 바란다. 그러나 직선은 급하고 위험하다. 교만이나 독단, 주먹은 직선이다. 그러나 꽃을 보기 위해서는 급해선 안 된다. 기다려야 한다. 눈이 녹기를 기다려야 하고, 흙이 따뜻해지기를 기다려야 한다. 기다리는 일은 곡선이며, 겸손이며, 아래에 눈을 두는 일이다.

어쩌면 시는 아래를 보는 일인지도 모른다. 자신의 내면을 들여다보고 성찰하는 일, 곡선을 그리는 일인지도 모른다. 교정시설의 그들이 아직도 삭이지 못하는 '분노나 화'라는 오랜 마음속의 직선을 곡선으로 만드는 일, 그것이 내가 하는 일이다. 꼿꼿한 허리나, 힘이 들어간 어깨나 목을 부드럽게 하는 일, 그것이 내가 하는 일일 것이다. 시를 읽고 공감한다는 것, 고개를 끄덕인다는 것, 동료의 마음을 이해한다는 것, 그것은 곡선이다.

꽃을 보려면

교정시설 수용자들 대부분이 가지고 있는 '분노'라고 하는 것은, 그냥 두면 시간이 갈수록 더 강해지고 단단해진다. 쉽게 내려놓지도, 내려놓으려고 하지도 않는다. 그러나 내려놓아야 한다. 내려놓지 않으면, 평생 꽃을 보지 못한다. 못할뿐더러, 자신이 꽃인 것도 모르고 산다.

> 함부로 내 몸에 손을 대지 마세요
> 함부로
>
> 다칠 수 있어요 당신
>
> _ D씨의 「캔」 부분

　　반드시 분노는 내려놓아야 한다. 그리고 위로 향했던 시선을 아래로 돌려야 한다.

　　O교정시설의 C씨는 아내가 "당신이 여기 온 것은, 그동안 너무 정신없이 바쁘니까, 너무 급해서 더 큰 실수할 거 같으니까, 하나님이 좀 천천히 생각하면서 숨 좀 돌리라고 여기 보내신 것 같으니, 그동안 못 보던 책도 보고 그러셨으면 좋겠어요."라고 말했다고 한다.

정자는 급하게 가는 인생들에게 쉬어 가라고 말한다. 쉬면서, 당신이 걸어온 길을 보라고 말한다. 당신의 발자국 안을 들여다보고, 그 안에 고요히 스며든 물을 들여다보라고 말한다.

고개 숙여 아래를 보면, 다부지게 올라오는 쑥도 보이고, 하얗게 웃는 냉이꽃도 보인다. 오늘은, 위를 보던 눈을 아래로 돌려, 내가 방금 지나온 발자국 속에서 조그만 몸을 하고 부지런하게 움직이는 개미를 살펴볼 일이다. 발자국 안으로 조용히 몸을 누이는 낙엽에게서 아버지의 지나온 생을 읽어볼 일이다. 박두순 시인은 채송화 그 낮은 꽃을 보려면, 그 앞에서 고개 숙여야 한다고 했다.

아래를 볼 일이다.

편지

나는 가끔 수형자들에게서, 수신자도 발신자도 적혀 있지 않은 편지를 받을 때가 있다. 시 속에 쓱— 끼어 들어온, 아니 어쩌면, 편지를 내게 보이기 위해 오히려 시라고 하는 우표를 이용(교정시설에서는 수업에 활용할 문학작품이 아닌 경우, 제한이 된다.) 했는지도 모르겠다.

평소에 시를 잘 써내지 않는 A씨가, 멈칫멈칫하면서 내게 건네준 편지의 첫머리는 이렇게 쓰여 있었다.

선생님, 욕을 먹고 싶어서 이 글을 씁니다. 실컷 욕을 해주십시오. 욕을 먹지 않고는, 돌팔매를 맞지 않고는, 형을 다 살아도, 죽을 때까지 죄인이 될 거 같아서입니다. 제발 이 고통에서 벗어나게 욕을 해주십시오.

그러고는 두 줄을 건너 띄어, 조금 작은 글씨로 써 내려갔다. 편지의 대략은 이러하다.

　'두 살 때 어머니가 돌아가셨고, 그길로 아버지는 집을 나가서 부모님의 얼굴을 모른다. 나중에 들으니, 두 살 된 나를 동네 아주머니들이 고아원에 맡겼는데, 고아원에서 일하는 누님들이 자식이 없는 어느 집에 맡겼고, 나는 그 집에서 10여 년을 살게 되었다. 그런데 돈을 벌러 외국 근로자로 나간 양아버지가 5년을 피땀 흘려 번 돈을 소매치기 당해서, 인생을 포기한 듯 날마다 술을 드셨고, 양어머니는 파출부로 나가셨는데, 일하는 집에서 남은 음식을 싸 오셨다. 양아버지의 토할 듯한 술 냄새와, 싸 온 음식으로 연명하는 양어머니가 싫어서 집을 나왔다. 나와서 당장 돈이 없어, 남의 돈을 쉽게 빼앗는 방법을 택했고, 나중에는 그런 친구들과 어울려 다니다 교도소에 들어오게 되었다. 그리고 그 뒤 양부모는 나를 면회 오다 버스가 전복되어 두 분 다 돌아가셨고, 천하에 고아가 되었다'는 내용이었다.

　그리고 추신처럼 그 편지 맨 뒤에는 편지지 한 장을 따로 붙여,

　　"지난주 선생님이 가져오신 시, 신경림의 「아버지의 그늘」을 읽고, 나는 기가 막혔습니다. 신경림처럼 나도 아버지를 증오하면

서 자랐고, 술 먹는 게 싫었고, 나도 아버지가 하는 일은 다 못마 땅하고 나는 잘못한 게 없다고 생각했는데, 마지막에 나를 비 춰보는 거울 속에, 나는 없고 초라한 아버지가 서 있었다는 말 에……. 생각해보니, 아버지를 매일 술 먹게 한 것이, 아버지 돈 을 훔쳐간 소매치기 때문이었는데, 제가 다른 것도 아니고 바로 그 소매치기로 여기 들어오다니…… 하는 생각이 들어. 기가 막혔 습니다. 제가 바로 아버지를 실의에 빠트리고 술을 먹게 한 그 장본인이었다는 사실, 그리고 더 괴로운 건, 무릎을 꿇고 백배 사 죄를 하고 정말로 효도하고 싶지만, 그 부모님은 지금 이 세상에 없다는 거, 가슴이 찢어집니다. 조금만 일찍 깨달았어도, 이렇게 가슴이 찢어지게 하지는 않았을 텐데, 그렇다고 제가 죽어서 갚 을 수 있다면 그렇게 하겠는데, 죽어도 소용이 없으니, 괴로워서 견딜 수가 없습니다. 이 세상에 하나밖에 없는 내 자식이라고 그 렇게 잘해주셨는데…….

저는 너무나 괴로워 이 기막힌 사실을 누구에겐가 알리지 않 으면, 그리고 개만도 못한 자식이라고 욕을 먹지 않으면 가슴이 터져 죽을 것 같아, 제가 제일 존경하는 선생님께 편지를 씁니 다. 제가 이렇게 천하에 나쁜 놈이라는 거 아시라구요. 그리고 제가 숨 막혀 죽지 않고, 살려고! 비겁하게! 이렇게 편지를 쓰는 나쁜 놈이라는 거 아시라구요.

그리고 한 줄 밑에 "죄송합니다."라고 써 있었다.

고려시대 문충이라는 사람의 「오관산요」라고 하는 시가 있다.

> 나무 도막으로 당닭을 깎아
> 젓가락으로 집어 벽에 앉히고
> 이 새가 꼬끼오 하고 때를 알리면
> 어머님 얼굴은 비로소 서쪽으로 기우는 해처럼 늙으시리라

'어머니 늙지 마세요'라는 시다. 어머니, 늙으시는 것은 너무나 가슴 아프니, 제발 늙지 마세요. 그러나 어머니 늙으시려면, 나무로 깎은 커다란 닭을 젓가락으로 집어 벽에 앉히고, 그 나무닭이 꼬끼오 하고 울면, 그때는 어머니, 늙으셔도 좋습니다, 라는 말이다.

나무로 깎은 커다란 닭을 젓가락으로 집는 것도 불가능하고, 수직인 벽에 닭을 앉히는 것도 불가능하고, 더구나 나무로 깎은 닭이 꼬끼오 하고 울 일은 더더욱 없을 것이다. 그러니 어머니 늙지 마세요.

문충은 오관산 밑에 살면서, 홀어머니를 지극정성으로 모셨다고 한다. 어머니를 위해 집에서 30리나 되는 서울을 왕복하며 벼슬

살이를 하였으니, 그 효성을 가히 짐작할 수 있겠다.

사실, 효는 생각만 해도 가슴이 아프다. 부모님이 살아 계셔도, 여러 가지 여건상, 또 사정상 잘 모시지 못하는 경우가 많기 때문이다. 늙고 병든 부모님을 모시고 살아야 되는데, 그럴 수 없는 경우, 더구나 어떤 사정으로 부모님 앞에 나타나지조차 못하는 경우도 있다. 그러나 그런 경우는 부모님도 이해하실 터이지만, 부모님이 천년만년 사실 줄 알고 함부로 대하는 경우, 그러다 어느 날 갑자기 돌아가시는 경우도, 가슴 아프지만 많다. A씨도 그랬을 것이다.

나는 A씨에게 답을 하지 않았다. 어려운 편지를 나에게 준 것으로 답이 되었다고 생각한다. 그리고 내 눈치를 보며 내 생각을 살피는 것으로, 그리고 나하고 눈을 맞추지 못하고, 간간이 고개를 떨구는 것으로 충분한 답이 되었다고 생각한다.

우리는 저마다 크고 작은 상처 하나씩은 안고 산다. 그리고 그 상처가 조용히 웅크리고 있다가, 어느 순간 고개를 들고, 다시 잠잠하다 어느 순간 발현하는, 참 오래도록 우리를 놓아주지 않는다는 것도 우리는 안다.

쿠노 피셔는 뜨거운 가마 속에서 구워낸 도자기는 결코 빛이 바래는 일이 없다고 했다. 그리고 고난은 사람을 만든다고 했다.

상처가, 그간의 어려움이 A씨에게 인생의 좋은 거름이 되기를 바란다. 더 단단해지기를 바란다. 그리고 출소 후 비슷한 경우의 H씨처럼, 노인들을 극진히 모셔서, 가슴의 상처를 오히려 꽃으로 승화시키기를 바란다.

세상은 충분히 그런 토양을 가지고 있기 때문이다.

그 부모님은 이제 이 세상에 없다는 거……

소년원 아이들

한동안은 20세 이상이 수용되어 있는, 청장년 교정시설 문학 강의만 하다가, 20××년에 처음으로 19세 미만 아이들이 있는 소년원 강의를 나가게 되었다. 젊은 시절 중고생들을 가르친 적이 있어서, 그 앳되고 발그레한 얼굴들이 생각나 자못 설레기까지 하였다.

그러나 아니었다. 첫 만남에서부터 그게 아니라는 걸 바로 알게되었다. 교정시설의 나이가 있는 어른들은 죄책감 때문인지 자책인지, 나하고 눈도 못 맞추는 데 비해, 소년원 아이들은 너무도 당당했다. 거의 다 슬리퍼(물론 소년원학교이기 때문에 여기 들어오기 전 중고등학교와 같이 실내화를 슬리퍼로 착용하긴 했지만)를 질질 끌고 왔을 뿐만 아니라, 팔과 다리의 시퍼런 문신을 감추지 않았다. 오히려 문신의 양이 계급이라도 되는 양, 보란 듯이 내놓고 다녔다. 이 모든 상황이 당황스럽기 이를 데 없었지만, 나는, 우리가 왜 이곳에 왔는가를 설명하고, 자기소개 시간을 가졌다.

그들의 자기소개는 짧았다. 교정시설의 어른들은 구구절절한 사연에 목이 메어 말을 못 하든지, 끝내는 말을 잇지 못하고 울먹울먹 앉아버리는 바람에, '소개시간 3분'의 3분이 부족했던 것에 비해, 아이들은 1분도 채 걸리지 않았다. "이름은 김××이구요, 시는 몰라요." 내가 구체적으로 말하라는 주문을 했지만, 바뀌지 않았다. 그래서 '장래희망' 하나를 더 넣어서 말하라고 했다. 그랬더니 "이름은 ×××이구요, 장래희망은 ××예요."로 바뀌었을 뿐 역시 간단했다. 그리고 그들이 말하는 장래희망은 거의 허황된 것이었다. 물론 그중에는 학교 선생님도 있고, 농부도 있었지만, '연애대장, 대통령, 달나라 황제' 등 현실감이 없는 이야기가 90퍼센트 이상이었다. 그러나 마음속으로 대통령 안 되라는 법이 없지, 또 달나라 과학자가 안 되란 법이 없지 하고 자위하면서 듣는데, 한 아이가 내 그런 위로를 확 깨버렸다.

무언가를 질겅질겅 씹으며 나온 아이는 "이름은 김씨팔이구요, 장래희망은 조폭입니다." 그러더니 슬리퍼를 직직 끌고, 이빨이 드러난, 문신한 용을 구불구불 팔 아래로 내리면서, 실실 웃으며 들어갔다. 아이들이 자기소개가 끝날 때마다, 나의 "아, 그렇군요. 이름 기억하시죠? 대통령 나오면 꼭 찍어주세요. 아셨죠?"와 같은 희망적인 부연 설명이 없자, 장내는 갑자기 조용해졌다. 아이들은 일제히 나를 바라봤다. 아이들은, 30명 중 맨 뒤에 앉은 김씨팔의 표정도 보고 싶었겠지만, 뒤돌아볼 수 없으니, 모두 나를 주시했다.

'어떻게 해야 하나?' 만약 내가 질책을 하는데도 건들거리고 반항한다면, 완전한 내 '패(敗)'다. 그렇다고 대놓고 선생을 무시하는데 가만히 있는다면, 그것은 더 큰 '패(敗)'다. 힘겨루기는 이미 시작이 됐고, 아이들 세계에서 힘겨루기는, 이기는 자만이 영웅이 된다, 영웅은 우러러봐야 할 대상이고, 영웅의 말은 잘 듣게 되어 있다. 더구나 지금은 수업의 '첫 단추'가 아닌가?

"일어나!"

나는 아이에게 작지만 단호한 어조로 말했다. 장내는 다시 물을 끼얹은 듯 조용했다.

"일어나!"

나는 다시 아이에게 명령했다. 아이는 스믈스믈 느리게 일어났다.

"너, 다시 한번 말해봐!"

아이는 놀란 듯 나를 쳐다봤다.

"다시 한번 그대로 말하라고!"

아이는 고개를 숙이고 가만히 있었다.

"안 들리니?"

아이는 기어들어가는 목소리로

"죄송합니다."

했다.

나는 아무 말도 않고 그 아이를 쳐다보았다. 아이들도 나를 쳐다봤다. 2분 동안 정적이 흘렀다. 한 사람도 미동하지 않았다. 팽팽한 긴장감이 감도는, 짧은 이 2분 동안 아이들에게는 수없는 생각이 교차했을 것이다. 그러나 말하지 않아도 짐작할 수 있는 아이들의 복잡 미묘한 생각들을 배제하고, 나는, 힘이란 결코 무력에서 나오지 않는 것임을 가르쳐주었다.

수업이 끝난 후 첫 수업이 어땠냐고 조심스레 묻는 교도관에게, 김씨팔의 얘기를 살짝 했더니, "정말 죄송하다고 했어요?" 하고 놀라워했다. 그렇다고 대답하는 내게 "정말 죄송하다고 했어요?" 하고 두 번을 연달아 물으며 날 쳐다봤다.

소년원 교도관 생활 7년 만에 처음 들어보는 말이라고 했다. 의아해하는 내게 그는, 아이들을 아무리 따뜻하게 감싸도, 호되게 꾸중을 해도 절대로 "미안합니다. 죄송합니다. 사랑합니다."라는 말을 들어보지 못했다고 한다. 아예 "친구한테 미안하다고 해." 하고 종용을 해도 죽을지언정 안 한다는 것이다.

그들은 거칠었다. 행동이 거칠고, 말이 거칠고, 눈빛이 거칠었다. 친구들의 이름도 별명으로 불렀다. '흙돼지', '젓갈', '생선대가리', '삐꾸', '고물', 그들은 폭발하기 직전의 시한폭탄 같았다. '제발 나를 한번 제대로 건드려줘.' 하는 식의 행동과 말투를 가지고 있었다. '희망'이라는 단어를 버린 이상, 그들은 두려울 것도 무서울 것도 없었다. 하고 싶은 것도 해야 할 것도 없었다. 해가 뜨면 일어나고 해가 지면 자고, 먹으라면 먹고, 일하라면 했다. 그리고 새로운 비행이나 폭력, 복수에만 관심이 있는 듯했다.

무엇이 이들을 이렇게 만든 걸까? 무엇이 이들을 화나게 만들고, 삐뚤어지게 만들고, 분노하게 만들고, 복수심에 불타게 만들고, 우울에 빠지게 만들고, 자살을 시도하게 하는 걸까?

나에게 어머니란 존재는
사라진 지 오래다

내 삶에서 어머니는
제일 증오하는 사람이다

　　　　　　　　　소년원 아이들

어릴 때 사라져버린 어머니

...(중략)...

어머니라는 단어가 너무 싫다

_ K군의 「어머니」 부분

그들에겐 "사랑스런 것은/모두 모아/책가방에 싸주시고/기쁨
은 모두 모아/도시락에 넣어"(남진원, 「어머니」)주시는 어머니가 없
는 것이다. 나를 위해서 "열무 삼십 단을 머리에 이고/시장에 간 우
리 엄마"(기형도, 「엄마 걱정」)가 없는 것이다. "엄마를 따라 산길을
걷다가/무심코 솔잎을 한움큼 뽑아 길에"(정호승, 「꾸중」) 뿌렸을 때
꾸중해줄 엄마가 그들에겐 없었던 것이다. 그들에겐 유년의 따뜻
한 아랫목이 없었던 것이다.

'부재'였다. 가족의 부재. 가난한 사람이든 부유한 사람이든 막
론하고, 당연히 있어야 하고, 다 있는데 나한테는 없는 것.

세상에서 가장 미운 이름 '엄마', 세상에서 가장 그리운 이름 '엄
마'. 비 오는 날 교문 앞에 우산을 들고 서 있는 수십, 수백의 엄마
들 사이를 뚫고 맨몸으로 비를 맞으며 추적추적 빠져 나왔을, 축축
하게 젖은 아이를 생각해보았는가? 부모와 손잡고 달려야 하는 운
동회 날, 혼자 뒤로 빠져서 그것을 힐끔힐끔 지켜보았을 아이를 생

각해보았는가? 자멸감과 자괴감에 혼자 울다가 시나브로 짙어진 원망과 미움이 분노로 바뀌었을 것이다. 그래서 자기를 학대하는 일환으로 폭력을 휘두르고 악을 썼을 것이다.

부재, 없음으로 말미암아 있게 만드는 것, 분노, 화, 우울, 절망, 자괴감.

> 엄마 조명옥(가명),
> 이 세상에서 제일 싫은 이름이지만
> 그래도 혹시 잊어버릴까 봐
> 글을 쓸 때마다 적어봅니다
>
> _ B군의 「혹시 잊어버릴까 봐」 부분

강요배의 〈수선〉이라는 그림이 있다. 수선은 나르시스다. 청년 나르시스가 자기 모습에 반해 수선이 되어버렸다는 전설이 있는 꽃인데, 강요배의 〈수선〉은 수면을 굽어보고 있는 듯도 하고, 왼쪽의 작은 봉오리를 내려다보고 있는 듯도 하다. 무엇이든 좋다. 수면을 굽어보면서 자기애적인 사랑도 좋고, 봉오리를 내려다보면서 어서 꽃잎이 마음을 열어 봉오리와의 거리가 가까워지기를 바란대도 좋다. 묵묵히 무언가를 기다리는 존재인 것만은 확실하다. 그리고 기다림의 바탕에는 사랑과 연민이 깔려 있음이 분명하다.

소년원 아이들

8개월 간 교육을 마치고 나오려는데, 가장 애를 먹였던 H군이 멋쩍게 웃으며 하얀 봉투를 내밀었다.

"뭐지?"

"숙제요."

"숙제?"

"제 마음의 숙제요."

열어보니,

> 내 인생의 가장 바보 같은 실수는
> 지금까지 미래를 생각하지 않은 일입니다
> …(중략)…
> 내 인생의 가장 큰 실수는
> 지금까지 나와 같은 실수를 하는 사람들을
> 그냥 바라보기만 했던 일입니다
>
> _ H군의 「실수」 부분

아이들이 많이 큰 거 같다. 이제 글을 마쳐야겠다.

엄마 조명옥(가명) ··· 그래도 혹시 잊어버릴까 봐

소년원 아이들

슬픈 박수

울릉도가 눈에 갇혔다고 한다. 2월에 내린 폭설이, 그 아름다운
해변과, 부드럽게 휘어진 길과, 이쁜 초록과, 키 작은 꽃들과, 사람
들과, 사람들의 웃음소리를 모두 가두어버렸다고 한다.

출소한다
드디어

관례대로 우리는
박수를 쳐야 맞지만
맞지만……

슬그머니 누군가 먼저 박수를 치기 시작했고

나도 따라 쳤지만……

_ G씨의 「슬픈 박수」 부분

O교정시설의 G씨의 시다. 같은 방(보통 한 방에 여섯 명씩 생활한다.)에 있던 이 씨가 출소를 한다. 출소를 하니 관례대로 박수를 치고 축하를 해줘야 하는데, 마음껏 박수 쳐 축하하기에는 무언가 불편한 게 있는 것 같다.

이 안에 들어오면, 모든 수형자들은 다 똑같아진다. 밖에서 얼마나 잘났었건 못났었건, 부자였건 가난했건, 학력이 높든 낮든, 결혼을 했든 안 했든, 사업가든 실업자든 상관없이, 목표는 딱 하나다. 하루라도 빨리 담을 벗어나는 일이다. 하루라도 빨리 이곳에서 탈출하는 일이다. 이곳에서는 밖에서 벌였던 경쟁이 필요 없다. 필요 없을뿐더러 관심조차도 없다. 누가 얼마나 좋은 토익 점수를 받았는지, 누가 얼마나 좋은 스펙을 가지고 있는지, 누가 얼마나 좋은 인간관계를 맺어 발이 넓은지 관심이 없다. 다만 이들의 관심은, 어떻게 하면 이 담을 빨리 나갈 수 있는가이다.

그래서 이들은 출소하는 이들을 가장 부러워한다. 그래서 형기가 긴 이들이나 짧은 이들이 가장 기다리는 것은, 8월 15일이다. 7월이 되면 이들은 들떠 있다. 8·15가 있기 때문이다. 모두 본인이

8 · 15 특사로 풀려나기를 간절히 소원한다. 제출하는 시도 이때쯤 되면, 여느 때의 시와는 다르다. 들떠 있다. 그러나 들떠 있는 그들의 심정을 충분히 이해하므로, 나는 시적 평가를 하지 않는다. 다만 "잘 됐으면 좋겠네요." 하고 말한다.

그러나 그것은 생각처럼 잘 되지 않는다. 일단 인원이 극소수로 제한되어 있고 조건도 까다롭기 때문이다. 그러나 그들의 기도는 멈추지 않는다. 이번에는 될 것이다. 이번에는 될 것이다. 간절히 주문을 외운다. 그러나 8 · 15는 언제나 그들에게 상처를 주고, 번번이 그들을 실망시킨다. 그러면서도 그들은 내년, 다시 내년을 기다린다.

왜일까? 그들은 이 낯선 '구속'이 싫기 때문이다. 평생 한 번도 생각해보지 않았던 것이 갑자기 내 인생에 끼어들어 나를 형편없이 만들기 때문이다. 내가 강압적인 힘에 의하여 갇혀 있다고 하는 것, 평생에 단 한 번도 나일 거라고 생각해보지 않았던 이곳(O교정시설)에서 탈출하여 훨훨 자유롭고 싶은 것이다. 자고 싶을 때 자고, 일어나고 싶을 때 일어나고, 먹고 싶을 때 먹고, 만나고 싶을 때 만나고 싶은 것이다.

'구속'을 사전에서 찾아보니, '사람이 피의자로서 검찰 등에 잡혀 일정한 장소에 가두어지다'로 되어 있었다. '일정한 장소', 지금 이들이 있는 담 안이다.

간힌 이들은 탈출하기 위해 노력한다. 그 너무나도 기본적이고, 평소 한 번도 생각해보지 않았던 '자유'를 위해, 이들은 처절한 몸부림을 한다. 그러나 무엇을 해야 하는가? 한 번도 자유를 취하기 위해 무엇을 해보지 않았던 이들은, 사실 아무것도 할 수 없었을지도 모른다. 이어폰을 끼고 영어를 공부한다고 되는 것도 아니고, 산에 가서 나무를 해다가 집을 짓는다고 해서 얻어지는 것도 아니고, 접견을 자주 한다고 주어지는 것도 아니다. 그러면 이들은 어떻게 해야 할까?

정한 만큼 기다려야 한다. 그것이 답이다. 황지우 시인은 「너를 기다리는 동안」에서, "문을 열고 들어오는 모든 사람이/너였다가/너였다가, 너일 것이었다가/다시 문이 닫힌다"라고 했다.

우리는 살면서 수없이 문이 닫히는 경험을 한다. 코앞에서 문이 닫히고, 발걸음을 떼기도 전에 문이 닫힌다. 절망이다.

그러나 절망하지 말기를 바란다. 문은 반드시 열리고, 열릴 것을 믿어야 한다.

제2부 소년원 아이들

이 담 나서기를 얼마나 바랐던가

꿈에 그리던 담을 나서는데

그것이

만기가 아니라

8·15 특사가 아니라

암이라니……

담을 나서는 순간

또 다른 담에 갇히는 이 씨

_ G씨의 「슬픈 박수」 부분

이 씨는 말기암 환자다. 시설 내에서 이런저런 치료를 했지만 손을 쓸 수 없는 지경까지 이른 것이다. 그래서 시설에서는 내보내기로 결정을 했고, 이 씨는 들것에 누워 출소를 하게 된 것이다.

이 기막힌 출소 앞에서 그들은, 관례대로 박수를 치면서 출소를 축하해줘야 하는데, 들것에 누운 이 씨를 바라보면서 그들은 쉽게 박수를 칠 수 없었던 것이다.

"인생이 참 허무하다는 생각이 들었구요……, 오로지 출소만을 위해서 살아왔는데……. 출소…… 다시 생각하게 되더라구요. 진정한 의미의 출소는 뭔가……?"

그 뒤 G씨는, 날마다 적어오던 남은 출소 날짜를 더 이상 기록하지 않았다고 한다.

눈에 갇힌 울릉도도 곧 눈의 올무에서 벗어날 것이다. 햇살이 곧 어두운 구름을 뚫을 것이고, 훈풍도 햇살과 손을 잡을 것이다. 그러면 눈도 꽁꽁 묶어놓았던 울릉도를 반드시 풀어줄 것이다. 반드시!

관례대로 우리는 박수를 쳐야 맞지만……

슬픈 박수

실수

  나는 가끔, 문화원이나 평생교육원 수강생들에게 어떤 주제를 주고 글을 써 오라고 할 때가 있다. 가령 장미가 지천인 5월에는 '장미'라는 주제를 주고, 단풍이 화려한 10월에는 '단풍'이라는 주제를 준다. 그러면 수강생들은 안 가본 장미 공원에도 가보고, 장미에게 다가가 향기도 맡아보고, 장미 꽃말에도 관심을 가져볼 것이다. 그리고 장미가 왜 가시를 가지고 있는가도 생각해볼 것이고, 장미 가시에 슬멋 손도 대어볼 것이고, 대어보면서 장미 가시에 찔린 릴케도 생각해볼 것이고, 릴케의 사랑에 대해서도, 시에 대해서도 좀 더 관심을 가져볼 것이다. 그리고 '단풍'이라는 주제에 대해서는, 화려한 단풍을 보면서 잘나갔던 인생에 대해서도, 단풍 그 뒤, 절망에 대해서도 잠시 생각해볼 것이고, 계절과 인생, 그 앞과 뒤에 대해서도 더 깊이 생각해보는 시간을 갖게 될 것이다.

O교정시설에서도 '실수'라는 주제를 주고 글을 쓰라고 했다. 수형자들은 갑자기 '실수'라는 주제를 내놓자 자못 당황한 듯 보였다. 그러나 이내 깊은 상념에 잠기는 듯 가늘고 길게 한숨을 쉬는 사람, 잡고 있던 볼펜을 내려놓고 책상만 보고 있는 사람, 눈을 감고 있는 사람, 팔짱을 끼고 고개를 숙이고 있는 사람······.

언젠가 한 번 말한 적이 있지만, O교정시설은 거의 대부분이 경제사범들로 구성되어 있다. 수용자들의 몇십 퍼센트(여기서 구체적 퍼센티지를 쓰지 않은 것은 그것이 정확한 통계인지를 몰라서이다.)가 강남권에 주소지를 두고 있고, 전체 수용자의 몇십 퍼센트가 석·박사 학위를 가지고 있는, 어떻게 보면 특별한 교정시설이다.

그리고 다른 교정시설에서는 모두 서로 간에 이름 대신 수인번호를 부르는데, O교정시설에서는 처음(우리가 수인번호가 아닌 이름을 부르라고 하기 전)부터 서로 이 박사님, 김 교수님으로 통했다. 다른 시설에서는 전혀 느낄 수 없는, 이 화기애애하고 편안한 분위기가 나는 신기하고 좋았다. 어쩌면 담 밖에서 상위 몇 퍼센트에 속했을, 경제적으로나 뭐로나 윤택했을 그들에게, 특히 지금의 처지에서 '실수'라는 주제는, 당황스럽기 그지없는 일이었을 것이다.

그들은 5행시(묻는 말에 대답만 하면 되는 간단한)를 가지고 40분이 지나서야 하나둘, 조용히 원고를 제출했다. 제출한 글들을 보니, '인내하지 못한 실수', '말(言語) 실수', '사람을 너무 믿은 실수', '욕심' 등이었는데, 그중 눈에 띄는 건, '앞만 보고 나간 실수'였다. 앞만 보고 나간 게 실수라니, 열심히 살아온 게 실수라니 의외였다.

짐작건대 그는 어린 시절부터 수없는 경쟁 속에서 살아왔을 것이다. 명문 학원에 가기 위한 경쟁부터, 대학 입시 경쟁까지. 어린 시절부터 별을 보고 나가, 별을 보고 들어왔을 것이다. 그러면서 그들은 이를 갈았을 것이다. '대학만 들어가봐, 대학만 들어가면 얼마나 잘 노는지를 보여줄 테니까'. 그러나 대학에 들어와보니, 바로 코앞에 '입사'가 기다리고 있었을 것이고, 인생은 성적순이 아니라지만, 요즘 같은 청년 실업 시대엔 입사에 성적순을 무시할 수 없다고 생각했을 것이다. 그들은 또 최종 목표인 '입사'를 위해서 전력투구했을 것이다. 그러나 입사가 끝이겠는가? 가족들의 박수와 이웃들의 부러움을 받으며 당당하게 대기업에 들어와보니, 이제야말로 본격적으로 경쟁이 시작되었음을 알았을 것이다. 살아남느냐 죽느냐의 기로에서, 그들은 다시, 있는 아이디어 없는 아이디어를 짜내 IT산업을 일으키고, 새로 개발한 신제품을 세계에 알려야 했을 것이다.

그러다 보니 어느덧 시간은 흘러 늦은 나이에 결혼을 했을 것이고, 결혼을 하고 보니, 이제는 혼자가 아니라는 생각에 정신이 번쩍 들었을 것이고, 정신이 들자마자 바로 아이가 생겼을 것이고, 그들은 어느 때보다도 긴장했을 것이고, 이제 인생 시작인데 여기서 밀리면 죽음이라는 생각을 했을 것이다.

　그랬을 것이다. 그래서 걸음이 빨라지고, 호흡이 빨라지고, 빠름에도 불구하고, 그래도 남보다 늦을 거라는 생각에 뛰고 또 뛰었을 것이다. 숨이 가쁘고, 땀이 비 오듯 흐르지만, 그러나 멈추면 남보다 뒤진다는 생각에, 그들은 달리고, 또 달렸을 것이다.

　"앞만 보고 달려온 게 왜 실수라고 생각하세요?"
　나는 L씨에게 물었다.
　그는 무겁게 입을 열었다.
　"봤어야 할 것들을 보지 못하고 온 게……."

　L씨는 변호사다. 수십, 수백 건의 사건이, 조금도 끈을 늦출 수 없는 긴박한 사건들이, 숨 고를 시간도 없이 달리게 했을 것이다. 옆도 뒤도 돌아보지 못하게 했을 것이다.

쇠로 만든 가짜 피라미를 낚싯밥으로 끼우고
구멍 속에 밀어 넣습니다
진짜를 유혹합니다

오랜 시간이 지나고
진짜가 유유히 헤엄쳐 옵니다
제법 큰 놈입니다
가짜는 긴장을 합니다
몸을 슬쩍슬쩍 올리면서
산 척을 합니다
진짜는 죽은 듯이 서서 바라봅니다
바라보다 진짜는 말합니다
-동작 그만!

놀랐지만 가짜는 더 열심히
위로 아래로 머리를 흔들고 꼬리도 치면서
산 척을 합니다

인간이 조종하던 줄이 끊어집니다
추락합니다

진짜가 가짜를 내려다보며 한마디 합니다

-삶에서 정지는 필수야

_ 손옥자의 「낚시 2」 부분

정지! 그들은 잠시 서 있어야 했다. 서서, 주변을 잘 살펴보았어야 했다. 슬쩍 보아도 보이는 모란이나 작약이나 장미, 크고 화려한 것 말고, 바위 밑으로 어렵게 얼굴을 내민 제비꽃의 낯빛도, 물푸레 어린 나무가 내내 그늘에 묻혀 있는 것도 보았어야 했다. 사람들에게 밟힌, 꺾인 단풍나무의 허리도 보았어야 했고, 딸이 왜 학교 가기 싫어하는지도 보았어야 했고, 아내가 왜 그 말에 상처를 받아 내내 힘들어하는지, 또 아버지의 굽은 등엔 왜 커다란 산 하나가 걸려 있는지도 살펴보았어야 했다.

법정스님의 『버리고 떠나기』 머리말에 보면, "나는 거처를 강원도의 한 두메산골 오두막으로 옮겨 왔다. 날마다 새롭게 태어나고 싶어서 묵은 둥지에서 떠나온 것이다. 조금은 불편하지만, 문 두드리는 사람이 없어 지낼 만하다."라고 하셨다.

"문 두드리는 사람이 없"으니, "오두막의 둘레에 하얀 눈이 자가 넘게 쌓여 있"는 것도 보였을 것이고, "처마 끝에 달아놓은 풍경이 이따금 지나가는 바람과 더불어 이야기하는 소리"도 들렸을 것이다. 그리고 개울가, "두껍게 얼어붙은 얼음장 밑으로 개울물 흐르는 소리"도 들렸을 것이다.

법정스님은, "사람들은 사는 일에 급급하여 자연의 소리를 들을 줄을 모른다. 아니 아예 들으려고조차 하지 않는다. 바닷가에 살면서도 파도 소리를 듣지 못하고, 산중에 살면서도 솔바람이 어떤 것인지조차 모른다"고 했다.

계절 어귀에, 고맙게도 때 맞춰 비가 내린다. 잠시 가던 걸음을 멈추고 귀를 열어, 세상의 마른 가슴에 떨어지는 청량한 빗소리를 들어볼 일이다. 물 스미어드는 소리를 들을 일이다. 건조한 계절에 화색이 돌고, 다시 잎, 파랗게 세우는 소리를 들을 일이다.

아내가 슬몃, 물꼬 트는 소리를 들을 일이다. 딸이, 아들이, 친구가, 이웃이 아래 논으로, 다시 그 아래 논으로 가슴을 열어, 졸졸졸, 소통하는 소리를 들어볼 일이다.

모자에 대한 단상

12월, 이맘때가 되면 생각나는 일이 있다.

크리스마스와 연말 행사로 정신없이 바쁠 즈음, 그리고 기온이 뚝 떨어져, 정말 웬만한 행사는 슬쩍슬쩍 빠지고 싶은 그때, 밤 9시가 되었을까? 깊은 어둠을 뚫고 초인종이 울렸다.

"누구세요?"
"아, 네, 저……."
"……?"
"……"

남편이 퇴근하지 않은 터라 바짝 긴장이 되었다. 검은 모자를 비춰주던 인터폰 화면도 꺼져버리고 깜깜하였다. 그리고 안도 밖도 조용~하였다.

인터폰 화면을 다시 켜서 모자의 동태를 살피고 싶었지만 그럴 용기가 나지 않았다.

경비실에 알릴까? 모자는 갔을까? 아직도 밖에 서 있을까? 저 어둠 속에서 뭘 하고 있을까? 별 생각을 다 하고 있는데, 다시 초인종이 울렸다(기절초풍할 뻔했다).

"누구시냐구요."
"아, 저기……."
"아니 말씀을……."
"저기…… 신문 값……."

신문 값? 의외로 익숙한 말에 나는 얼른 문을 열었다. 거기엔 허름한 차림의 남자가 영수증 철을 손에 들고 어쩔 줄 몰라 하며 서 있었다. 덥수룩한 수염에 입김이 서렸다. 나는 얼른 밀린 두 달 치 신문 값을 주고는,

"저기, 미안한데요, 어떡하죠? 저기…… 내일부터 신문을 넣지 않았으면 좋겠는데요……."

모자는 당황하는 기색이 역력했다.

"아니, 저기, 왜냐하면요……, 죄송한데요……, 저의 남편이 글쎄 자전거 준다는 말에 G신문을 보기로 했대요. 그래서 사실 신문 두 개 본 지가 몇 달 됐어요. 미안해요……."
"아, 네……."
모자는 고개를 숙였다.

"그런데 걱정 마세요. 우린 그동안 쭉 10년 동안 C신문을 봤으니까, G신문 2년 계약 기간이 끝나면 바로 다시 C신문 볼 거예요."
"아, 네, 고맙습니다!"
모자는 돌아갔다.

돌아간 뒤에도 C신문은 계속 들어왔다. 여러 집을 돌다 보면 내가 한 말을 잊어버릴 수 있겠지 생각하고, 'C신문 사절합니다'를 대문짝만 하게 써서 붙여놨다.

그래도 신문은 계속 들어왔다. 나중에 돈 받으러 오면 그때 다시 확실하게 말해야지 생각하고는 그냥 두었다.

그런데, 한 달이 지나고, 두 달이 지나고, 세 달이 가도, 그리고

모자에 대한 단상

1년이 가고 2년이 가도 C신문은 계속 들어왔다. G신문의 계약 기간이 끝난 후에도 C신문은 계속 들어왔다. 이게 무슨 일인가? 그런데 더 이상한 건, 지로용지가 날아오지 않는다는 것이었다. 이해할 수 없는 일이지만 지로용지가 날아오지 않으니, 모자 역시 걸음하지 않았다.

그렇게 몇 년의 세월이 흘렀다.

난 그동안 여러 번, 혹시 그가 아닐까? 하는 생각이 들어 대리점에 전화를 걸어 이름을 물어볼까도 생각했지만, 그의 모자를 위하여 그러지 않기로 했다.

모자를 깊게 눌러 쓰고

도도도도
탁-
가가가가
턱-
바바바바
척-

다 돌린 한참 후
모자 위로
엉금엉금 기어오르는 아침 해

_ D씨의 「신문배달」 부분

어쨌든 나는 그날 찾아온 모자에게 경의를 표한다. 이 모든 상황은 그날 나와 마주한 모자에게 있으리라.

오피스텔 분리수거함 옆에 의자,
의자 위에
단정히 앉아 있는 모자 블러

모자는 누군가의 얼굴을 지운 듯
존경을 내려놓은 듯 편안해 보이지만
정중하다

한때,
남자의 손이 예의를 갖출 때마다
오르고 내렸을 브림은
아직 손가락을 기억하고 있는 듯
자국 선명하다

지금 앉아 있는 의자가
어느 절망이 내어놓은 것인지도 모른 채
주인이 다시 존경을 쓸 수 있도록
정중히,
낡은 의자 중앙에
반듯하게 앉아 있다

바람은 아직 잠잠한데
주인이 오면 바로 일어설 수 있다는 듯
브림을 새의 날개처럼 살짝 들어 올렸다

모자를 벗은 오피스텔 긴 그림자가
허리를 꺾고 경의를 표한다

_ 손옥자의 「모자 블러」 전문

신문은 몇 년 동안 무상으로 날아왔고, 모자는 볼 수 없었다.

다만 그 일이 있은 후부터 나는 세상의 따뜻한 것들은 모두 검정 모자로 보였다. 매년 찾아오는 크리스마스 날 산타할아버지의 빨간 모자도, 트리에 덮인 하얀 눈도, 아기를 재우고 있는 밤색 지붕도 온통 검정 모자로 보였다.

제2부 소년원 아이들

프랭클린은 쓰고 있는 열쇠는 항상 빛난다고 했다. 우리도 따뜻한 모자 열심히 써서, 빛나고 고운 세상 만들어볼 일이다.

지금은 사랑할 때

저들이 가는 길이 비록, 꽃이 피어 있지 않은 거친 신작로나 메마른 아스팔트라 하더라도,

그 어느 꽃길보다 환하고, 촉촉할 것이다. 왜냐하면, 저들은 스스로 꽃이니까!

편먹기

낮달이 환하다. 우리 엄마 웃음을 닮은 낮달이, 나를 내려다보며 환하게 웃는 5월이다.

엄마는 언제나 내 편이셨다. 남동생하고 말다툼을 해도, 오빠와 내기를 해도 엄마는 언제나 내 편을 드셨다. 엄마는 네 자식 중에, 가장 부실한 나를 언제나 감싸고 도셨다. 다른 형제들은 공부도 잘하고, 똑똑하고, 초등학교 중학교 고등학교에서 반장을 하고, 사람들 앞에 서서 말도 잘하고, 상도 많이 타 오는데, 나는 수줍음이 너무 많아, 앞에 나서기는커녕, 사람 많은 곳엔 부끄러워 가지도 못했다.

초등학교 3학년 때인 것 같다. 아버지가 가게에 가서 먹을 사 오라고 하신 적이 있었다. 마을 앞에 있는 작은 내를 건너 가게에 와

보니, 어떤 아저씨가 주인 아저씨랑 막걸리를 마시면서 계속 얘기를 하고 있는 것이다. 나는 두 분 계신 데 들어가 말할 용기가 나지 않아서, 아저씨가 나오면 들어가려고, 밖에서 아저씨가 나오기만을 손꼽아 기다렸다. 그런데 아무리 기다려도, 아저씨는 하하하 허허허 웃으며 나오시지 않았다.

웅천면에서 십 리나 떨어진 수부리 작은 마을, 신작로 옆 가게, 그때 주위는 유난히도 참 조용하였다. 먼지를 날리며 트럭이 한 대 지나갔을 뿐, 오다 가다 마주치는 친구도 없었고, 오가는 강아지도 없었다. 나는 홀로 가게 문 옆 벽에 기대어 서서, 오로지 아저씨가 나오기만 기다렸고, 그러는 사이 해는 뉘엿뉘엿 지기 시작하였다.

그러고도 시간이 얼마나 지났을까? 저 멀리, 어스름 사이로 바삐 걸어오는 사람이 있었다. 얼른 봐도 엄마였다. 엄마는 가까이 오셔서 조용히 내 손을 잡으시며 "안에 사람이 있어서 못 들어갔구나?" 하시면서 가게로 들어가 먹을 달라고 하셨다.

엄마는 집으로 가시면서도 단 한 번도 나를 추궁하지 않으셨다. 오히려 내 손을 꼭 잡고 마음으로 심란했을 나를 위로하는 듯, 엄마의 손은 참 크고 따뜻하였다.

강원도 W교정시설에서는 라일락 향기가 코를 찌르는 5월, 체육대회가 열렸다. 사실 나는 그날 체육대회가 열리는 줄도 모르고, 간식을 잔뜩 사 가지고 여자 수형자들을 만나러 여사로 들어가는데, 오늘은 체육대회 때문에, 여사에 사람이 없다는 것이다. 그러면 오늘 수업을 못 한다고 미리 연락을 줬어야 되는 게 아닌가. 담당 교도관이 야속했다. 사실 수업이 없는 줄도 모르고, 새벽부터 서울에서 먼 길을 달려온 게 속상하기도 했지만, 그것보다는 자기가 쓴 글을 읽으면서 울고, 남의 글을 들으면서 우는, 정이 많고 눈물이 많은 수용자들을 못 만나고 돌아가게 되는 게 더 아쉬웠다.

그 순간, 교도관이 "이왕 오셨으니, 여자 수용자들 응원이나 좀 해주고 가시면 어떠냐?"고 했다. 나는 얼른 그들이 있는 운동장으로 들어갔다.

교정시설 운동장(보통 중고등학교 운동장보다 훨씬 큰)에 들어서니, 700명의 새카만 남자들 속에, 20명 남짓한 그녀들이 앉아 있었다. 그들은 나를 보더니, 좋아 어쩔 줄을 몰라 하였다. 엄지와 검지로 하트 뿅뿅을 날리는 사람, 양팔을 머리 위로 올려 큰 하트를 그리는 사람…… 나도 바쁘게 하트 뿅뿅과 큰 하트를 그려 날려 보냈다. 내빈석에 앉아 있는 점잖은 분들이 다 나를 이상한 눈으로 쳐다보았지만, 그들이 행복하다면 난 상관이 없었다.

남자들의 몇 가지 경기가 끝나고, 여자들의 경기가 시작됨을 알렸다. 나는 어떤 경기인지도 모르면서 가슴이 쿵쾅거렸다. 마이크가 내빈석을 향해 종목을 설명했다. 여자 수용자가 내빈석에 와서 손을 내밀면, 얼른 일어나 손을 잡고 달리라는 것이었다. 그리고 상으로 초코파이를 3등까지 준다는 것이었다.

나는 어쩌면 나한테도 올지 모른다는 생각에, 구두를 벗었다 신었다 하고 있는데, 아니나 다를까 경기가 시작되자마자, 첫 번째 수용자가 "선생님!" 하고 부르면서 내게로 뛰어왔다. 나는 수용자가 완전히 내 앞에까지 오기 전에, 후다닥 일어나 수용자 손을 잡고 죽을힘을 다해 뛰었다. 그렇게 뛰었지만 일곱 팀 중에 4등을 하였다. 나는 같이 뛴 수형자를 안아서 토닥토닥 잘했다고 위로해 보내고는, 본부석에 들러 항의하였다. 초코파이 그까짓 게 뭐라고 3등까지만 주냐고. 다 주라고.

나는 사실 살면서 부딪칠 일도 별로 없었지만, 있다 하더라도 큰소리 낸 적이 거의 없다. 웬만한 건 미련 없이 양보하고, 포기하면 그만이기 때문이다.

그런데 내가 수형자들과 같이 울고 웃은 세월이 길어지면서, 나는 시나브로 그들의 편이 되어가고 있었다. 그들이 웃으면 행복했고, 그들이 울면 나도 슬펐다. 그래서, 그들을 위해서는 나도 모르게 소리를 내고 있었던 것이다.

다행히 항의가 먹혀, 우리 여자 수용자들은 이겼거나 졌거나, 사이좋게 초코파이 한 상자씩 품에 안게 되었다. "잘했어요. 맛있게 먹어요."라는 내 제스처에 그들은 초코파이를 꺼내어 한 입씩 베어 물고, 나를 보고 환하게 웃었다.

행복했다. 그들이 맛있게 먹는 걸 보면서 나는 자리에서 일어났다.

돌아오면서 하늘을 보니, 한 입 베어 문, 초코파이를 닮은 낮달이 하얗게 웃고 있었다.

저 예쁜 낮달, 이제 곧 구부린 허리를 펼 것이다. 그리고 제 몸에 걸쳐진, 짙게 드리운 그림자를 걷어낼 것이다. 그래서, 다시 둥글게, 제자리를 찾아갈 것이다. 틀림없이.

곁

가을이다. 푸르게 부풀어 오르던 것들이 서서히 가라앉고, 속에
저장해두었던 그리움이, 산의 가슴 여기저기 울긋불긋 어쩌지 못
하고 드러나는 계절, 가을이다.

떠나간 사람이 없어도 마치 누군가 떠나간 것처럼 가슴 한쪽이
비어 있는, 그래서 그곳으로 갈바람 슬쩍 한 발 디디면, 까닭 없이
누군가 못 견디게 그립고 쓸쓸해지는 가을이다.

실제로, 늘 곁에 있던 사람이, 옆에서 오손도손 말을 걸어주고,
사부작사부작 챙겨주고, 마음을 읽어주던 사람이 갑자기 사라졌다
면(그것이 산 이별이든 영원한 이별이든), 얼마나 기막히겠는가? 그래
서 류시화 시인은 "그대가 곁에 있어도 나는 그대가 그립다"고 했
는지도 모르겠다.

눈이 안 보이고, 귀가 안 들리고, 말을 못하는 헬렌 켈러를 레드클리프대학에서 우수한 성적으로 졸업하게 한 사람이 앤 설리번 선생이다. 펌프에서 길어 올린 물을 손에 대보게 하고, 헬렌 켈러의 손에 '물'이라고 써준 애니의 오른손은, 왼손보다 크고 굳은살이 박여 있었다고 한다. 그런 그녀가 46년간을 헬렌 켈러의 눈이 되고, 귀가 되고, 입이 되어주어서, 헬렌 켈러는 많은 책을 저술하였을 뿐만 아니라, 여성, 장애인, 노동자를 위하여 헌신한 것은 모두가 아는 사실이다.

그럼에도 불구하고 애니는 기자들의 질문에, "나는 아무것도 한 것이 없어요. 다만 곁에 있어주었을 뿐이에요."라고 대답했다고 한다.

곁에 있어준다는 것, 그것은 얼마나 위대한 일인가? 곁에만 있어준 것뿐인데, 읽고, 쓰고, 말하게 된 것이다. '곁'이 눈이고, 귀고, 입인 것이 아니라, 곁은 따뜻한 가슴이고, 사랑인 것이다. 그래서 감긴 눈을 뜨게 하고, 닫힌 귀와 입을 열게 하고, 절망하는 사람을 일으켜 세우기도 하는 것이다. 곁은 힘이고, 희망인 것이다.

교정시설의 수형자들은 누구보다도 곁이 필요한 사람들이다. 다독여주고, 위로해주고, 괜찮다고 말해주는 사람이 필요한 것이다.

T씨는 접견(가족이나 친구들의 면회)을 갔다가 수업 장소로 돌아오지 않았다. 수업 중에 접견을 가면, 접견은 보통 15분(교정시설마다 다르다)을 넘지 않기 때문에, 수업 시작 후 조금 늦게 들어오고, 수업 중에 나가도 끝나기 전에 들어온다. 그러나 수업 시작하자마자 접견하러 갔던 T씨는 돌아오지 않았다. 그에게 어떤 일이 있었던 걸까?

간다고 했다
머얼리
머어얼리~

_ T씨의 「무제」 전문

그다음 주, T씨는 이렇게 짧은 시 한 편을 냈다. 접견 후 왜 강의실로 오지 않는가 물을 필요가 없었다.

"사모님이……?"
"네……."

더 이상 무슨 말이 필요하겠는가? 물론 이혼이 절대 불가라는 말은 아니다. 상황에 따라서 그럴 수 있다. 그러나 어떤 실수를 하고, 평생에 다시 씻을 수 없는 교정시설에 들어오게 되었는데, 그

곁

래서 불에 달군 듯 벌건, 쉽게 아물지 않는 상처를 안고 고통스러워하는데, 거기에 이혼을 요구하는 것은 가슴에 비수를 꽂는 것과 같다.

도둑도 나갈 길을 보면서 쫓으라는 말이 있다. 날마다 가슴을 치면서 반성, 반성하는 그에게, 자기 때문에 마음 고생할 가족을 생각하며 땅을 치는 그에게, 여기 들어와 있다는 것을 차마 사춘기를 겪는 자식에게 알리지 못해, 외국에 나가서 일하는 아빠처럼, 긴 편지를 써 미국에 있는 친구에게 보내졌다가, 그 친구가 다시 한국 T씨 집으로 보내는, 지구 반 바퀴를 돌아오는 편지를 보낼 때마다 후회하고 후회하고, 다시는, 살아생전에는 그런 실수를 하지 않겠다고 다짐, 또 다짐하는 그에게 헤어지자니.

나는 "네……." 외에는 어떤 말도 할 수 없었지만, 그가 이제 어떤 마음이 될 거라는 걸 짐작하니, 너무나 가슴이 아팠다.

그는 한참 동안 많은 생각을 했을 것이고, 잔잔했던 그의 가슴엔 파도가 칠 것이고, 배신감에 대한 분노가 불 일 듯 일어날 것이고, 그것보다는 잔혹하고 나쁜 사람에 대한 원망과 복수심이 그의 가슴을 칠 것이다. 그는 당분간 착해지지 않을지도 모른다. 착해지기 싫을 것이다. 그러면서 스스로를 괴롭힐 것이다.

교정시설 안에는 가끔 자해, 혹은 자살을 하는 사람들이 있다. 희망이 없다고 생각하는 사람들이다. 기다리는 사람이 없다고 생각하는 사람이다. 의지할 사람이 없을 뿐만 아니라, 그에게 의지하려고 하는 가족이 없다고 생각하는 사람이다.

사람은 곁에 누가 있을 때 다소곳해진다. 더 순해지고 더 착해진다. 사랑하고 있다는 걸 알고 있기 때문이다.

오래전인 것 같다. 어느 신문에서, 결혼하고 3년 안에 이혼하는 신혼부부가 열 쌍 중 네 쌍이라고 하는 충격적인 기사를 읽은 적이 있다. 물론 몇 년 전이긴 하지만, 기막힌 일이다. 물론 이유는 여러 가지가 있겠지만, 그중 한 가지 경우를 보면, 신혼여행지에서 사소한 말다툼을 하고, 따로따로 돌아와 각자 자기 집으로 간다는 것이다. 그들이 결혼하기까지 얼마나 오랫동안 사랑해왔는지는 알 수 없지만, 적어도 무척 신중했었을 곁을 발로 차버리는 데는 5일밖에 걸리지 않았다는 것에 대하여, 언론은 신부 측 어머니들을 얘기한 적이 있다. "왜 그렇게 살아? 네가 뭐가 부족해서? 짐 갖고 와!"

곁은 자존심이 아니다. 부족하고 부족하지 않고의 문제가 아니다. 이기고 지고의 문제가 아니다. 곁은 사랑이고, 도리고, 배려고, 예의다.

내린다는 말보다
온다는 말이 좋다

너도 눈처럼
마냥 오기만 하여라

_ 제페토, 「눈이 오네」 전문

이제 곧 겨울이 올 것이다. 누군가의 비어 있는 가슴을 찾아볼 일이다. 비어 있는 곁을 눈여겨볼 일이다. 그래서 움츠린 그의 어깨에 당신의 외투를 걸쳐줄 일이다.

곁에 있어준다는 것, 그것은 얼마나 위대한 일인가?

곁

당신의 뒤

내가 사계절 중 봄을 가장 좋아하는 것은, 이미 다른 글에서도 많이 밝힌 바 있다. 그런데 봄 중에서도 지금 이때가 나는 가장 좋다. 누군가는 아직 겨울이라고 말하고, 누군가는 봄이 왔다고 말하는 겨울인 듯 봄인 듯싶은 바로 이 시점은, 한겨울을 맨몸으로 지낸 나무의 마른 가지 속에서 물오름 소리가 들리고, 가느다란 가지들과 몸통이 연합하여 영차영차 봄을 길어 올리는 소리를 들을 수 있기 때문이다. 또 저들의 마른 가지에서 아직 나지 않은 초록 잎의 예쁜 잇몸을 떠올릴 수 있고, 그 가지에 새가 앉아 노래하는 소리까지 미리 들을 수 있을 때가, 바로 겨울의 뒤이기도, 봄의 앞이기도한 이때이기 때문이다.

나는 여러 해 동안 많은 교정시설에서 수용자들을 만났다. 만나는 수용자마다 우리를 환영했고, 우리를 좋아했다. 출소하면 반드시 선생님들처럼 소외된 곳에 있는 사람들을 위해 봉사하겠다는 얘기를, 거의 모든 수강생들이 할 정도로 우리에게 고마워했다. 종강할 때는 여자 수형자들은 말할 것도 없고, 남자 수형자들도 헤어짐이 섭섭하여 대부분 눈물을 흘렸다.

그런데 O교정시설의 B씨는 처음부터 영 달랐다. 이유 없이 까칠하고, 때론 우리와 눈이 마주치면, 눈을 치켜뜨고 심하게 노려봤다. 일부러 그러는 것처럼 보이긴 했지만, 또 살다 살다 이런 일은 처음이므로 적이 당황스러웠다.

B씨는 S대 출신으로 이름을 대면 알 만큼 어떤 분야에서 잘 알려진 사람이라고 했다. 형이 길지 않고 또 남은 기간도 얼마 남진 않았지만, 6개월 수감되어 있는 동안 어머니가 돌아가시고, 여러 가지 일로 마음을 잡지 못하고 있어서, 치유적 관점에서 시 창작 수업을 권유했다고 교도관이 말했다. 그런 말을 듣고 나니 오히려 그가 왜 이런 엉뚱한 행동을 하는지 더 이해가 가지 않았다.

그러던 그가 처음으로 시 한 편을 제출했다.

유난히 인기가 많던
유난히 웃음소리가 크시던 아버지가

어깨가 굽어 있네

굽은 어깨에 산 하나를 메고 가시네

절뚝절뚝

다리는 또 언제부터 저셨나

접견실 밖으로 나가시지 못하고 자꾸

제자리걸음하시는

아버지

_ B씨의 「아버지」 전문

　B씨는 읽지 못했다. 첫 행부터 으윽으윽 울음이 터져 나왔다. 동료들도 고개를 숙이고 여기저기서 눈물을 훔쳤다. 끝까지 읽지 못한 B씨의 시를 다른 수용자가 대신 읽고 난 다음

"마음이 많이……."

하고 내가 말하자,

"아버지의 키가…… 그렇게…… 작은 줄 몰랐어요 으으윽……."

하고 또 눈물을 흘렸다.

　아버지의 키, 살면서 한 번도 염두에 두거나 생각해보지 않았

던, 평소에 한번도 눈에 뜨이지 않았던 아버지의 키가, 그날은 B씨의 눈에 들어온 것이다.

언제나 아버지와 나란히, 혹은 앞서서 아버지의 걸음을 재촉했던 B씨가, 처음으로 아버지의 뒤에 서서, 돌아가시는 아버지를 본 것이다. 그랬더니 아버지의 앞에서 보지 못한 굽은 어깨가 보이고, 그 어깨에 걸려 있는 커다란 산의 무게가 보였던 것이다. 50이 되도록 언제나 아버지 앞에서, 그 빛나는 웃음과 아버지의 권력과 돈과 명예만 보다가, 그 환한 것들에 익숙해져 있다가, 처음으로 아버지의 뒤에 서서, 앞에서 보지 못했던, 앞으로 나가지 못하고 제자리걸음하는 아버지의 걸음을 본 것이다.

"저보다 크셨는데……."
B씨는 다시 눈물을 훔쳤다.

나이 50 넘어 처음으로 발견한 아버지의 뒤, 작아진 아버지를 본 뒤 B씨의 눈은 달라졌다. 다소곳해지고 부드러워졌다.

B씨는 딴 사람 같았다. 뭔지는 모르지만 다 내려놓은 듯 평안해 보였다.

수업 중간 쉬는 시간에 우리 앞을 지날 때면, 고개를 약간 숙이고 깍듯하게 목례를 하고, 질문을 하면 멋쩍어하면서, 겸손하게 대답했다.

우리가 교정시설 강의를 마치고 퇴실할 때, 수강생(수형자)들이 우리보다 앞서 모두 먼저 나간다. 그리고 우리가 그들의 뒤를 따라 나간다. 그들은 두 줄로 서서 보안과 직원을 따라가고, 나는 사회복귀과 담당 교도관과 함께 그들의 뒤를 따라 나온다. B씨가 두어 번 뒤를 돌아보며 가볍게 목례를 한다. 나도 고개 숙여 답한다. 감사한 일이다. B씨의 뒷모습이 아름답다.

내가 글 쓰는 동안 목련이 벌었다. 개나리도 노란 주둥이를 내어 밀고, 지나는 바람에게 무어라고 쫑알거렸다. 원미산 진달래도 다음 주가 절정이라고 한다. 세상이 환해질 것이다. 이 환한 세상을 위해, 잘 견딘 겨울의 뒤에게 감사한다.

오늘은 우리도, 누구의 뒤에 서볼 일이다. 서서, 누군가의 아직 거두지 못한 그늘을 읽어볼 일이다.

백비(白碑) 읽기

연일 30도가 넘는 날, 우리 구로 문화원 시 창작반 제자들이 내게 부여 문학 기행을 신청했다. 나는 사실 속으로 기쁘기도 하고 부담도 되었다. 부여는 내 인생에서 가장 꽃다운 나이 열일곱 살부터 열아홉 살을 보낸, 풋풋한 시절이 있는 곳이다.

부소산 자락에 자리 잡은 우리 부여여고는, 잠자리 날개 같은 등도가 있어, 등하교 시에 그 예쁜 등도를 오르내리면서 참 많은 꿈을 꾸었었다.

나는 그들에게 좋은 부여를 선물하기 위하여 미리 답사하기로 결정하고, 일단 신동엽 시비를 찾아보기로 하였다.

그런데 그의 시비가 있는 곳은 자동차 내비게이션에도 나오지 않았고, 핸드폰 T맵에도 깔려 있지 않았다. 일단 부여 시내로 들어가, 만나는 사람마다 신동엽 시비가 어디에 있느냐고 물었다. 모두 그런 얘긴 처음 들어본다는 반응이었다.

나는 할 수 없이 부여문화원에 가서 어렵게 주소를 알아냈다. 그러나 주소를 알아내고도 가며 가며 길을 묻지 않고는, 그 기묘한 곳을 찾아내기가 쉽지 않았다.

어렵게, 어렵게 찾아낸 신동엽 시인의 시비는 백마강변 외진 곳에 있었다. 그리고 시비 주위의 무성한 풀들이, 그동안 얼마나 사람들이 찾지 않았는가를 말해주었다. 아름답게 조성된 공원 속의 시비를 생각했던 나는, 시를 쓰는 사람으로서 참 쓸쓸하였다.

그래도 껍데기는 가라고 당차게 내뱉고 있을 그의 시로 위로를 받기로 하고 시비를 찾아보았다. 그러나 헉―, 시비 중앙에는 시는 없고 '신동엽 시비'라는 비석 이름만 아주 커다랗게 쓰여 있었다. 이름 옆에도, 철망 주변에도 시인의 대표작은 없었다. 그럴 리가 없다고 생각하면서 울(철망) 밖으로 나와 시비를 찾기 시작했다. 혹시 꽂아놓았던 시비가 바람에 넘어졌을 수도 있어, 마른 고랑까지 내려가 더듬어보았다. 그러나 띄엄띄엄 서 있는 솔숲 속에도, 잡풀 속에도, 알맹이는커녕 껍데기도 없었다. 대체 어떻게 된 일일까?

나는 한동안 멍하니 서 있다가, 이름 저 멀리 외따로 서 있는 백비(白碑) 하나를 발견했다. 아무것도 쓰여 있지 않은, 나무로 만든 제법 큰 비(碑) 하나가 땅에 비스듬히 발을 딛고, 몸을 기울여, 울 안을 바라보고 있었다. 어떻게 찾아왔는데 빈 비라니……

드물긴 하지만, 교정시설에는 묵묵부답인 수형자들이 가끔 있다. 시도 제출하지 않고, 동료의 시도 평하지 않고, 질문도 없다. 나는 그들에게 어떤 것도 강요하지 않는다. 그들이 말하고 싶을 때 말하고, 묻고 싶을 때 묻도록 내버려둔다. 실컷, 침묵하고 싶은 만큼 침묵하도록 내버려둔다. 왜냐하면 말만이 말이 아니고, 침묵도 말이기 때문이다.

나는 프로그램을 진행하면서 감성 카드를 가끔 사용한다. 여러 장의 카드 중 아무 카드나 한 장 뽑도록 하고, 뽑힌 카드에 적혀 있는 단어와 내 감정과의 유사성을 설명하도록 한다. 대부분의 수용자들은 '배려' '상처' '사려깊다' 등 어떤 단어를 뽑든, 그것이 마치 당신의 인생을 대변해주는 양 말이 길다. 어떻게 해서든지 그 단어에, 당신의 스토리를 맞추려고 애를 쓴다.

A씨가 뽑은 단어는 '사랑'이었다.
"……"

그는 뽑은 단어를 책상에 내려놓고 말이 없었다.

"사랑, 그 단어가 선생님과 무슨 관계가 있죠?"
나는 재차 물었다.
"……."
그는 끝내 말하지 않았다.

싫을 수도 있겠다. 세상에서 가장 아름다운 영어 단어 중 네 번째로 뽑힌 단어가, A씨에게는 네 번째로 싫은 단어일 수도 있겠다. 지금과 같은 상황에서, 사랑이라는 게 세상에 존재하지 않는다고 느꼈을 수도 있고, 자신에게 사랑이라는 단어는, 어쩌면 증오로 바뀌었을 수도 있겠다.

신동엽 시비 역시 말이 없었다. 껍데기들이 거친 활보를 하는 세상에서, 시인은 할 말을 잃었는지도 모르겠다.

신동엽 백비 앞에서, 나는 오히려 더 많은 그의 시들을 읽었다. 그리고 그가 세상에 대하여 하고 싶은 말들을 들었다.

어쩌면 우리는 지금까지 너무 많은 말을 해왔는지도 모르겠다.

제3부 지금은 사랑할 때

특히 선거가 있을 때마다, 너무나 많은 말이 쏟아져 나온다. 나는 옳고 당신은 옳지 않고, 나는 바르고 당신은 바르지 않고, 아파트 값이 많이 오르는 게 당신 탓이고 아파트 값이 내리는 것도 당신 탓이다. 건조한 날이 계속되는 것도 당신 탓이고, 비가 너무 많이 오는 것도 당신 탓이기 때문이다.

이제는 그만 말하기를 바란다.

그리스의 파르테논 신전은 뼈대만 남아 있다. 신전이 모든 걸다 가지고 있을 때보다 훨씬 많은 사람들이 찾아와서, 훨씬 많은이야기들을 읽고 간다고 한다.

강우식 시인도 「4행시초 마흔하나」에서,

> 하찮은 물푸레나무 금자를 삼십 년이나
> 마음속에 두고 괴로워하다 쓴 추사여

라고 했다.

지금은, 입을 닫을 때이다. 그리고 소리 없는 소리를 경청할 때이다.

백비(白碑) 읽기

지금은 사랑할 때

나는 가을만 되면 청첩장 삼매경에 빠진다. 어떤 계기로 어떻게 하게 된 결혼식이든, 우리 집에 날아온 청첩장을 들여다보고 있노라면, 그 청첩장을 고르며 행복했을 연인들이 생각나고, 그 생각을 하면 나도 절로 기분이 좋아진다.

새하얀 종이 위에 꽂힌 연분홍 하트도 예쁘고, 부케를 든 신부 앞에 늠름한 신랑이 마주하고 있는 그림을 보면, 마치 신랑과 신부의 예쁜 속삭임이 들리는 듯도 하고, 웨딩드레스의 부드러운 선을 따라 오려낸 빈 공간에, 뒷장이 와 붙어야 마침내 그림이 완성되는 청첩장은, 앞장과 뒷장을 수없이 붙였다 떼었다를 반복하면서, 예쁘게 사랑을 완성시켰을 신랑 신부를 생각하면서 저절로 미소가 번진다.

결혼만큼 행복한 일이 또 있을까?

드디어 결혼식

조마조마
두근두근

오랫동안 아팠던 신부가
드디어 나에게로 오는 순간

신부 뒤로 보이는
형사 둘

_ K씨의 「결혼식」 전문

…….
…….

나는 K씨를 봤고, K씨는 고개를 숙였다.

"그럼……?"
"네……."

“아……."

참 기막힌 일이었다. 뭐라고 말을 할 수가 없었다.

언제나 자작시를 읽고 나면, "이 시 어때요?" 하고 물었는데, 오늘은 물을 수가 없었다.

"그럼 신부는……?"
"집에……."
"아……."
다행이었다.

"이게 언제……?"
"3년 전……."
"아, 3년……."

"신부, 어디가……?"
"원래 지병이…… 병원 치료를 제때에 못 받아서…….
"아……."
K씨는 고개를 숙였다.

"면회는······?"

"와요."

참 고마운 일이었다. 감사한 일이었다.

조부모 손에서 큰 K씨는 할머니 속을 많이 썩였다고 한다. 다른 사람들은 다 가진 부모가 나는 왜 없느냐? 어머니는 가버렸다 하더라도 아버지 찾아내라. 어디 숨겨놨느냐? 그리고 친구들과 어울려 자신의 불만을, 있는 대로 세상에 화풀이했다고 했다.

그러던 K씨에게 여자가 생겼고, 여자를 만난 후, K씨는 K씨가 아니었다고 한다. 밤에는 검정고시 준비를 하고, 낮에는 죽도록 일을 해서 돈을 벌었다고 한다. 사랑하는 여자와 함께 살기 위해서, 사람이 할 수 있는 건 다 했다고 한다.

> 두 사람이 한 자전거를 타고
> 공원 산책길을 따라
> 한 묶음이 되어 지나간다
>
> 핸들을 조종하는 남자 뒤에서
> 남자를 조종하는 여자
> ...(중략)...

제3부 지금은 사랑할 때

지금, 세상의 중심이 저들에게 있다

_ 고영의 「사랑」 부분

친구가 카톡으로 꽃길 사진을 여러 장 보내왔다. 꽃잔디 사이로 난, 절로 온몸에 분홍물이 들 것 같은 수채화 길, 색색의 코스모스가 듬성듬성 푸른 잎을 내보이며 길을 열어주는 코스모스길. 노란 유채꽃 사이로 얼굴을 살짝 내민 수줍고 앳된 길, 벚꽃과 개나리가 어우러져, 보기만 해도 마음이 설레는 그림 같은 길, 녹음이 우거진 숲 속에, 얼핏얼핏 황국 두어 송이 얼굴을 내민 호젓한 길, 어느 것 하나 예쁘지 않은 길이 없었다. 없었지만,

이들이 가는 길보다 더 예쁠 수 있을까? 지금 저들이 서로에게 가는 길보다 눈부실까? 저들이 가는 길이 비록, 꽃이 피어 있지 않은 거친 신작로나 메마른 아스팔트라 하더라도, 그 어느 꽃길보다 환하고, 촉촉할 것이다. 왜냐하면,

저들은 스스로 꽃이니까!
저들은 스스로 햇살이니까!

그리고 세계의 중심이 저들에게 있으니까!

지금은 사랑할 때

틈

포도는 열매가 익는 틈을 타서, 중간에 한번 아프게 비틀어주면, 그 단맛이 훨씬 강해진다고

한다. M씨도 틈틈이 아프게 몇 번 비틀렸으니, 곧 알알이 영근, 탱글한 열매들을 만날 것이다.

여자들의 하트

가슴에 돌 하나
깊게 박혔습니다

...(중략)...

나의 이마를 어루만져준 건
푸른 달빛이었습니다

_ B씨의 「당신이 아니었습니다」 부분

교도소에 들어온 지 채 1년이 안된 B씨의 시다.

사슴같이 예쁜 눈을 가진 B씨의 남편은 서기관이고, B씨가 교도
소에 들어오자 바로 이혼을 요구했다고 한다. 순식간이었다고 한
다. 남편과 살았던 20년의 세월이 1초 안에 끝나버린 것이다. 불륜

을 저질러 들어온 것도 아니고, 노름을 하다 들어온 것도 아니고, 어려운 사업을 남편과 서로 의논해서 한 일인데, 어떻게 이럴 수가 있나 하는 생각은 나중에 나더란다.

영화에서나 봤던 푸른 수의를 입은 낯선 사람들, 사방이 캄캄하게 막혀버린 벽, 낮과 밤의 경계가 없는 밤(밤에도 1년 365일 언제나 환하게 불이 켜져 있다.), 더 괴로운 것은 수천의 입이 지나갔을 보풀보풀 보풀이 일어난 플라스틱 수저와 젓가락. 모든 것이 황당하고 무서운데, 남편은 미안하다는 말 한 마디 남기고 냉정하게 가버렸다.

> 냉정한 가을이 천만 년 고독과
> 억만 년 슬픔을 지고 왔네
> …(중략)…
> 망신창이가 된 몸뚱아리는
> 어떤 약도 듣지 않네
>
> _ B씨의 「당신」 부분

단단한 울이었던 당신이 가버리자, 여자는 아프기 시작했다. 어떤 약을 먹어도 듣지를 않았다.

제4부 틈

내가 아는 여자 수형자의 남편들은 대개 남자 수형자의 아내들과는 조금 달랐다. 남자 수형자의 아내들 가운데에는 절망하는 남편을 위해 자주 면회를 오는 사람들이 많았다. 와서는 "건강해야 한다, 건강이 젤이다." "당신, 하나님께서 좀 쉬라고 여기 보낸 것 같다, 그동안 너무 일만 했다, 그러니 편안하게 잘 쉬었다 왔으면 좋겠다."라고 말한다. 또 어느 수형자의 와이프는 불원천리 일주일에 한 번씩 찾아와서는, 시를 한 편씩 낭송해달라고 했단다. 그래서 그는 아내가 좋아할 만한 시를 찾기 위해, 동료가 갖고 있는 시집까지 빼앗아 이것저것 외우게 되었다고 한다. 그러다 보니 마음도 편안해지고, 시도 좋아지게 되고, 열심히 쓰게 되고, 남보다 잘 쓰고 싶은 욕심도 생겼다고 한다. 다시 말하면 아내가 절망하는 남편에게 새로운 목표를 만들어준 셈이다.

그러나 여자의 남편들은 달랐다(물론 다는 아니지만.). 그들이 내민 카드는 위로와 걱정이 아니라 원망과 이혼이었다. 사업 문제로 들어왔든, 돈 관계로 들어왔든, 자식들 때문에 들어왔든, 그녀들에게 날아오는 건 책망과 끝내는 이혼이었다.

교도소에 들어오기 전에 교편 생활을 했던 K씨는 재판하는 동안 너덜너덜해진 가슴을 안고 H교도소로 왔는데, 오자마자 남편이 찾아왔다는 말에, 그동안 서러웠던 마음이 왁— 쏟아져, 눈물

여자들의 하트

콧물 다 쏟으며, "그래 남편이 있었지. 내 편이 있었지." 천군만마를 얻은 듯한 기분으로 달려갔다. 고생이 많지? 조금만 참아 대신, 남편이 내민 말은 이혼이었다고 한다. 처음에는 어안이 벙벙해 말이 안 나오고, 이건 현실이 아니라고, 꿈일 거라고 부정을 하면서, 정신을 차려보니 현실이었고, 이 사람이 내 남편이었던가 생각하면서, "(이혼)하더라도 나가서(출소) 합시다." 하고 돌아와서는 며칠이고 펑펑 울게 될 줄 알았는데, 눈물은 안 나오고, 대신 밤새도록 분노가 치밀어 오르더란다. 나쁜 ×, 나쁜 ×, 사람도 아니다, 나가서 보자. 공책에 새카맣게 써놓고, 써놓은 공책을 박박 찢어버려도 분이 풀리지 않아 소리를 꽥꽥 지르다가 경고를 받았다고 한다. 그러던 차에 우리가 찾아갔고, K씨의 분은 시에 그대로 노출되어 있었다.

> 오래된 곰팡이 균을 때려 잡았다
> 흔적이 오래갈 수도
>
> _ K씨의 「무제」 전문

화가 좀처럼 사그러들지 않을 것 같던 K씨가 동료들의 시를 합평하면서, 조금씩 누그러들기 시작했다. 저마다 가슴속에 묻고 있는 상처들을 발견하고 동질감을 느낀 것이다.

여기 와서 알았네

당신이라는 사람

_ K씨의 「당신이라는 사람」 부분

대부분의 여자들은 남편의 말 한 마디에 눕고 일어났다. 여기(교도소) 오면, 그동안 몰랐던 당신이라는 사람, 확실하게 알게 된다고. 20년을 살아도, 30년을 살아도 몰랐던 당신을, 여기 오면 바로 알 수 있다고 했다.

여자들은 사랑에 목말라 있었다. 끊어진 사랑을 이어보려고, 끈을 그리기도 하고, 끙끙 앓기도 하고, 소리를 지르고 악을 써보기도 했다. 그러나 그 무엇도 소용이 없다는 걸 알면서, 조용히 하트를 그리기 시작했다. 처음에는 한 개를 정성들여 그리고, 그것이 속이 안 차면 두 개 세 개 네 개⋯⋯. 그들은 한때 주고받았던 하트를 그리면서 스스로를 위로했다.

나는 그런 그들에게, 그들의 마음이, 그들의 간절한 사랑이, 실제로 상대방에게 갈 수 있도록 엽서시를 만들어주기로 했다. 사랑하는 아들과 딸, 그리고 잊어버리고 있었던 그녀들의 부모님, 그리고 친구⋯⋯. 당신들은 혼자가 아니라는 걸, 그리고 아직도 당신을 기다리는 사람들이 많다는 걸 알려주고 싶었다. 그들은 공들여 시를 썼다. 직접 쓴 시의 배경이 될 그림도 직접 그리도록 크레파스와 도화지를 나누어주었다.

마치 신혼집에 드는 것처럼 흥분하고 수줍어했다. 그들은 하얀 도화지에 선뜻 줄을 긋지 못했다. 이게 얼마만인가? 그들은 조심스럽게 나무를 그리고, 하트를 그리고, 하트 속에 아이들의 얼굴을 그려 넣었다. 그리고 실종된 남자의 얼굴을 그릴까 말까를 고민하는 눈치였다. 그러더니 얼굴을 그리고 한참을 바라보다가, 얼굴 주변에 꽃잎을 그리고 해바라기라 이름하였다. 그것이 꽃이든 사람이든 그건 중요하지 않았다. 다만 조금씩 용서하고 있다는 것, 그것은 확실했다.

19세기 조선 중기 화가 조희룡의 〈홍매도 대련〉을 보면, 굵은 두 줄기의 몸통이 서로 뒤틀리고 엉켜 싸우는 것같이 보인다. 하지만 자세히 보면, 그 둘의 몸에 붉은 꽃을 매단 것을 볼 수 있다. 서로의 체온을 나눈 것이다. 기특하기 그지없다. 더구나 저 꽃이 그 차가운 겨울을 견디고 나왔을 생각을 하면, 코끝이 찡하다.

3년 전에 출소한 K씨도 중단했던 박사과정을 다시 시작해 학위를 마저 따고, 남편과 함께 가게를 운영하며 잘 살고 있다는 소식을 전해왔다. 사슴같이 예쁜 눈을 가진 B씨도 한식, 양식 조리사 자격증과 요양보호사 자격증을 취득했다는 소식을 전해 왔다.

비가 그쳤다. 비 온 뒤의 하늘은 유리알이다. 저 매끈매끈한 하늘을 타고 세계를 관통해 보고 싶은 오늘, 나는 일기에 쓴다.

오늘은 맑음.

여자들의 하트

사람과 사람 사이, 그 거리

　나는 사람을 참 좋아한다. 그래서 늘 사람들 곁에 있었고, 사람들도 내가 좋아서, 늘 내 곁에는 사람들이 많았다. 그런데 한 사람과는 참 오랫동안 사이가 좋지 않았다. 좋지 않은 정도가 아니고, 서로 눈길 한번 주지 않았다.

　나하고 비슷한 나이 또래의 그 여자는 모든 면에서 압도하고 싶어 했고, 모든 사람들에게 관심을 받고 싶어 했다. 실제로, 그 여자 말 한마디에 남자들이나 여자들이 훅훅 넘어갔고, 그 여자가 좋아하는 색깔로 바뀌었다. 여자는 말을 잘했고, 사람을 다루는 데 능수능란했고, 술수에도 능했다. 사람들에게 듣기 좋은 말을 잘했고, 행동도 세련되었다.

　그녀는 언제나 한 사람 한 사람에게 바짝 붙어 자기 편을 만들

　　　　　　　　　　　　사람과 사람 사이, 그 거리

었고, 내 주변에 있는 사람들을 자기 주변으로 끌고 가는 데 주력했다. 나는 그러든지 말든지 별로 상관하지 않았고, 내 일만 열심히 하였다. 그러나 그녀가 보일 때마다 사실 불편하기 그지없었다.

그녀는 내가 속해 있는 단체로 들어오자마자 나를 주목했고, 경계하고, 말끝마다 공격했다. 이유는 질투였다. 사람들이 나를 신임하고 좋아하는 게 이유 없이 싫었던 것이다. 그녀는, 그녀와 내가 별로 상관없는 일인데도 예민하게 반응하고, 공개적으로 내 기를 죽이는 데 심혈을 기울였다. 나는 속수무책 당할 수밖에 없었고, 겉으로 표는 안 냈지만 마음은 늘 편치 않았다. 그녀와 나와의 거리는, 이미 닿을 수 없는 거리가 되어버렸다.

> 사람과 사람 사이
> 닿을 수 없는 그 먼 거리를
> …(중략)…
> 사람과 사람 사이
> 그 먼 거리를
>
> _ B씨의 「사람 사이」 부분

O교정시설에 들어오기 전 모 대학 교수였던 B씨는 "사람과 사람 사이"를 "먼 거리"라고 했다. 담 밖에서는 아주 다정하고 가까

웠던 사람들의 거리가 갑자기 아스라해져서, 화자는 "사람과 사람 사이"의 거리를, 우주에 존재하는 거리 중 가장 먼 거리, "닿을 수 없는" 거리라는 결론을 내렸다. "닿을 수 없는"은 얼마나 가슴 아픈 구절인가? 이 구절을 스스로 결론 내어 가져오기까지, B씨는 혼자 괴롭고 쓸쓸했을 것이다.

B씨는 경제사범으로 들어온 지 1년이 되었다. 나를 만나 수업한 지 6개월이 되었으니, 교정시설에 들어와서 6개월 만에 만난 셈이다. 그러니 그의 상처는 벌건 채 아직 아물지 않았을 터이고, 꿈에서조차 생각해보지 않은 환경에 모멸감을 느꼈을 것이고, 쉽게 오고 가는 말에도 상처를 입고, 괴로워하고 있었을 것이다. 그리고 '다시 있던 자리로 갈 수만 있다면' 날마다 소원했을 것이고, 가끔 꿈에 가족들이 나타났을 것이고, 그러나 정신 차려보면, 현실은 저 멀리, 생각보다 아스라해 어쩌면 닿을 수 없을지도 모른다는, 절망적인 생각을 했을 것이다.

사람과 사람 사이, 그 거리는 얼마나 될까?

오체투지하는 것을 보았다. 머리와 두 팔과 두 다리를 땅에 붙이고 납작 엎드리면서 그들은, 한결같은 자세로 삼보일배하였다. 세 번 걷고 한 번 절하면서, 차를 타고 가도 먼 거리인 770킬로미

터를, 그들은 온몸을 그 차가운 땅에 바짝 엎드려 절하면서 조금씩 앞으로 나아갔다.

그들이 순례길에 나선 것은, 한겨울 눈이 내릴 때였다. 네 명의 남자 중 한 명은 심각한 병이 걸린 상태였고, 그런 상황에서도 뒤처지지 않으려고 애를 썼다. 눈은 내리고, 바람은 불어대고, 그들의 누더기 옷은 진눈깨비와 눈에 젖어 무거워 보였다. 치적치적 무거운 몸을 끌고 가는 그들의 발은 이미 동상이 걸린 듯 벌겋게 부어올랐고, 눈에서는 눈물이, 코에서는 콧물이 흘러 내려도 감각이 없는 듯 닦지도 않았다. 그렇게 가다가 식사 시간이 되면, 눈 오는 거리에 쭈그리고 앉아, 공기 하나씩 손에 들고 먹고 있었다. 그들이 가는 길은 고통스럽고 멀어 보였다.

B씨는 모든 것이 아득하게 느껴진다고 했다. 사람들도, 사람과의 관계도, 아이들도, 아이들과의 관계도, 저 길이 없는 우주 속 어디처럼 아득해져서 길이 보이지 않는다고 했다.

그는 형이 짧아 내년 4월에 출소하는데 별로 기뻐하지 않았다. 여기 들어온 후 세상이 너무 아스라해서, 그 먼 거리를 어떻게 가야 할지 막막하다고 했다.

제4부 틈

나를 코너로 밀어붙이던 그녀는, 나를 신임하는 단체장에게 눈을 돌렸다. 63세가 된 단체장은 젊은 시절 이 단체를 구성하고, 전 재산, 아니 전 인생을 투자하였다. 퇴직이 2년이나 남았는데도 나가라고 무자비하게 밀어붙였다. 퇴직금은 말할 것도 없고, 타던 차도 내놓고 혈혈단신 몸만 나가도록 분위기를 만들며 사람들을 종용하였다.

나는 일어섰다. 보고만 있을 수 없었다. 20년 동안 웬만한 일에 나서지 않았던 나는, 간부회의 때 일어나서 단호하게 말했다. "이웃집 아저씨도 이렇게는 안 한다. 살인을 했느냐? 어느 단체는, 꽃뱀에게 물린 단체장도 억을 주고 빼내 와 마음을 치유하게 하고, 위로금까지 줬다고 하더라. 이 단체를 위해서 평생을 바친 분을 이렇게 하는 건 사람이 할 짓이 아니다."

싸움은 2년 동안 진행이 됐고, 내가 이겼다. 1 대 99의 싸움이었다. 그분은 퇴직금도 받고, 전 단체장이라는 타이틀도 얻었지만, 그러나 2년 동안 극심한 스트레스를 겪은 나는, 그 후 정말 그녀가 싫어졌다. 목소리도 듣기 싫었다. 이겼지만 마음의 상처가 너무나 컸다.

그 사건 후, 이상하게 사람들은 하나둘 그녀를 외면하기 시작했다. 그리고 소리 없이 내 주위로 모여들기 시작했다. 그렇게 5년이 흘렀다.

어느 날 그녀가 내게로 왔다. 병원에 입원해 있는 전 단체장을 돕자는 것이었다. 5~6년 동안 말 한마디 주고받지 않았던 그녀와 나 사이에선 있을 수 없는 일이었고, 갑자기 왜 이러나 싶었지만, 나는 마음을 바꿔 그녀와 함께 열심히 도왔고, 전 단체장은 건강한 모습으로 퇴원하였다. 단체에서도 형편이 어려운 전 단체장에게, 매달 일정 금액을 주기로(퇴직했지만) 예산을 책정하였다. 그녀의 공이 컸다.

거리는, 특히 사람과 사람 사이의 거리는, 마음먹기에 달린 것 같다. 오체투지하던 사람들도 그 먼 거리를, 꼭 왜 이렇게 가야 하느냐고 물었을 때, 이렇게 몸을 낮추어 가면, 바로 앞에 부처가 보인다고 했던 것처럼, 어쩌면 먼 거리와 가까운 거리는 마음속에 있는 백지 한 장인지도 모르겠다.

사람과 사람 사이
그 먼 거리를
...(중략)...
손을 더듬어

너에게로 간다

_ B씨의 「사람 사이」 부분

B씨도 발걸음을 떼었다. "너에게로 간다". "너에게 닿기 위해" 조금씩 조금씩 발걸음을 내어 디뎠다고 하니, 참 고마운 일이다. 이제 스스로 친 담을 스스로 허물었으니, 아마도 B씨는, 이전보다 훨씬 더 사람들을 귀하게 여기고, 그 관계를 소중히 여길 것이다.

아마 지금쯤 어디선가 봄도, 천 개의 손을 더듬어 우리에게 오고 있을 것이다.

베란다에서 연신 창밖을 내다보며 봄을 기다리던 우리 철쭉은, 벌써부터 볼이 벌겋게 달아오른 게 금방 터질 것 같다. 봄이 가깝다.

우리 어머니 이메일

신은 모든 곳에 있을 수 없어서, 어머니를 보냈다고 했던가?

C교도소의 K씨는 홀어머니를 두고 교도소에 들어오게 됐다고 했다. 남편을 일찍 여의고 혼자 계신 어머니는 아들이 교도소에 가게 되자, 순천에서 강원도까지 매주 한 번씩 면회를 왔다고 한다. 10분을 보기 위해 차를 수없이 갈아타면서, 이감을 가면 가는 곳으로, 재범을 하고 들어오면 들어오는 곳으로, 장소를 가리지 않고 불원천리 한 주도 거르지 않고 찾아와 아들의 얼굴을 보고서야 하루를 접었다고 한다.

그런 어머니가 언젠가부턴가 면회가 뜸해지시더니, 어머니의 걸음이 점점 한쪽으로 기울어지시더니, 아예 내놓고 절뚝거리시더니, 접견이 끝나 접견실에서 K씨가 돌아서 나올 때까지, 못 일어나

시더니,

"이제 자주는 못 와."

하시더니, 발길이 아예 끊어지셨다고 한다.

87세 어머니에게 무슨 일이 있는 걸까?

"자꾸 뭐 하러 와?" 오실 때마다 퉁명스럽게 던진 말 때문은 아니고, 그런다고 안 올 어머니가 아닌데, 편지를 해도 답장이 없고, 무슨 일이 난 게 분명하다.

K씨가 으슬으슬 춥고, 머리가 아프고, 입맛이 쓰고, 끙끙 앓아 누운 그때, 교도관이 하얀 에이포 용지 한 장을 건네주었다.

거가이제여바비제여바자머거야혀마펴아히머거야혀

_ K씨의 「우리 어머니 이메일」 부분

도대체 어떻게 해서 이메일(?)을 교도관(?)에게 보내게 되었는지 모르지만(외부와 교도관과의 이메일은 일부 제한이 된다.), 교도관으로부터 어머니의 편지를 받아 든 K씨는 기가 막혔다고 했다. 아무리 들여다봐도 해독 불가인 어머니의 글 때문이 아니라, 한글을 몰라서 버스도 잘 못 타시는 어머니가, 어떻게 컴퓨터를 열어 편지를 쓸 생각을 하셨는지, 눈물이 앞을 가렸다고 했다.

언젠가 버스를 잘못 타 낭패를 봤을 때, 한글을 배우라고 그렇게 닦달을 했을 때도, 이제 다 살았는데 뒤늦게 뭔 영화를 본다고 배우냐며 손사래를 치시던 어머니가, 어떻게 글씨를 배우셔서, 더구나 컴퓨터를 타고 날 찾아오셨단 말인가? K씨는 아무리 생각해도 기가 막히고 또 막혔다고 했다.

컴퓨터 앞에만 앉으면 날 새는 줄도 모르고, 세수도, 밥도 안 먹고 게임만 한다고, 저놈의 컴퓨터 때문에 장가도 안 가고 저러고 산다고, 아주 저놈의 컴퓨터 갖다 버린다고 벼르시던 그 컴퓨터로, 어머니는 날 찾아오신 것이다.

K씨는, 본인이 제출한 시 말고, 교도관이 갖다 준 A4 용지를 보여줬다. 거기에는 몇 줄이 더 있었다.

거가이제여바비제여바자머거야혀마펴아히머거야혀다리가고
자나서모가아재노사느푸녀여

한참을 들여다보는 우리에게 K씨는 해독해주었다.
"건강이 젤여. 밥이 젤여. 밥 잘 먹어야 혀. 맘 편안히 먹어야

　　　　　　　　우리 어머니 이메일

혀. 다리가 고장 나서 못 가. 아재 농사는 풍년여."

K씨는 그 후 등단을 했고, 그 이듬해 출소를 했다.

K씨는 출소한 후 문학 잡지에 본인의 시를 꾸준히 발표하는가 하면, 벌써 그림으로도 개인전을 두 번이나 열었다고 했다. 초대작가일 뿐만 아니라 국제심사위원이기도한 그는, 방송에도 출연하여 작품을 설명하기도 했다.

전에는 6개월을 넘기지 못하고 교도소를 제집 드나들 듯하던 그가, 출소 후 7년이 된 지금은 유명인이 되어 맹활약 중이다.

이메일로 떠듬떠듬 찾아오신 어머니의 힘이다.

내일은 5월 8일 어버이날이다. 강의 마치고 집에 돌아오는 길 내내 카네이션이 화려하다. 조그만 화분에 간신히 뿌리를 내린 생화, 종이로 만들어진 카네이션, 비누로 만들어진 카네이션……. 노랑, 빨강, 파랑, 분홍…….

모르긴 해도, 우리 아들도 저 중에 하나를 번쩍 들고 올 것이다. 와서, 거실에 척하니 내려놓고 "고맙습니다." 할 것이다. 그러고는 속으로 '어버이날 끝!' 할 것이다. 참 쉬운 세상이다. 그러나 그러면 어떤가? 내게는 그런 아들이 있고, 아들에겐 카네이션을 갖다 줄 어머니가 있으니, 피차 얼마나 행복한 일인가?

사실 카네이션, 우리 가난하고 어렸을 시절에는 밤새워 준비를 했다. 미리 색종이를 사다 놓고, 그 뒷면에 연필로 카네이션 꽃잎을 그리고, 색종이를 크고 작게 오려서, 큰 것부터 작은 것까지 차례대로 풀로 붙여 입체감이 나게 만들었다. 그리고 그다음 날, 부끄러워하면서 어머니 가슴에 달아드리면, 어머니들은 보란 듯이 그날도, 다음 날도, 그다음 날도, 마치 자랑처럼 가슴을 내어 밀고 다니셨다.

올해도 봄이 머뭇거릴 때 봄비가 다녀갔다. 막혔던 물꼬가 트일 것이다. 산에도, 들에도, 천지가 다 영광일 것이다.

나는 꽃을 정말 좋아한다. 좋아할 뿐만 아니라 지극히 사랑하여서, 오다 가다 만나 집으로 들인 꽃이 아파트 거실의 반을 차지한다. 그렇게 차려진 거실 정원을 아침마다 산책하는 일은, 내 하루 일과 중 가장 행복한 시간이다.

그런데 얼마 전, 백자 화분으로 옮겨 심은 채홍란이 시름시름 기운이 없어 보이는 것이다. 그러더니 그 날렵한 잎이 한쪽으로 틀어지는 것이다. 어? 왜지? 왜 그래? 나는 계속 헛소리를 하며, 채홍란을 위해서 특별히 걸어놓은 발을 반쯤 내리고 채광을 조절하면서 채홍란의 안색을 살폈다. 그러나 채홍란은 내 안절부절과는 달리, 급기야 잎 끝에 황조를 들였다.

태어나 남편한테 처음으로 받았던 선물, 남들은 생일에, 결혼기

념일에, 발렌타인데이에 잘도 받는다는 꽃 선물, 유난하게 꽃을 좋아하는 내가 십여 년을 살면서 난생처음 받은 게 이 채홍란이다. 남편은 내 생일이 언제인지, 결혼기념일이 언제인지도 모르고 살아오다가, 그렇게 무뚝뚝의 극치를 걷다가, 내가 등단을 했다고 애들 앞에서 좋아 펄펄 뛰는 걸 옆에서 봤는지, 퇴근길에 사 들고 온 난이다.

그런 남편하고는 상관없이 난은 나하고 참 행복하였다. 몇 번의 꽃이 피고, 지고, 아침마다 김정희 선생이 새 붓질을 한 것처럼 늘 정갈했고, 늘 깨끗했고, 늘 새로웠다. 내가 아무리 바쁘게 출근하는 날이라도 채홍란은 눈을 맞추고는 잘 다녀오라는 눈짓을 해주었다.

그런 채홍란이 지금 아픈 것이다. 무언가 자기 의지하고는 상관없이 자꾸 몸이 나락으로 떨어지는 것이다. 난 전문가에게 전화를 걸어 상의를 해봤지만, 내가 지금까지 정성들여 해줬던 것 외에는 다른 답을 내놓지 않았다.

그러던 어느 날, 나는 화분을 닦다가 깜짝 놀랐다. 매끈매끈해야 하는 백자 화분이 까슬하게 만져지는 것이다. 얼른 화분을 돌려 그곳을 보니, 실금이 나 있었다. 아, 잘 보이지도 않는 이 가는 틈이, 그동안 난의 생명을 야금야금 빨아 먹고 있었구나…….

내가 변명하는 틈에

우두커니가 되어버린

어머니

_ M씨의 「틈」 전문

M씨의 어머니는 종갓집 맏며느리로 평소 '난'이셨다고 한다. 그런 어머니가 황조를 들이시기 시작한 것은 M씨가 방황할 때부터라고 했다. 자꾸 기운을 잃어가셨고, 기억도 가뭇가뭇하셨는데, M씨가 이 핑계 저 핑계 대고 고향에 내려가지 못하는 사이에 우두커니가 되어버리셨다고 한다.

"어머니 제가 누구예요?"

"기수(가명)!"

"그럼 애는요?"

"기수!"

"그럼 애는요?"

"……."

어머니는 큰형 둘째형을 모두 막내 아들 M씨의 이름인 기수(가명)라고 하시더니, 정작 큰형이 기수인 M씨를 가리키니, 빤히 쳐다보시고는 말씀이 없으셨다고 한다.

빤히-
그 빤히가 자꾸 따라와

_ M씨의 「빤히」 부분

M씨는 그 뒤, 그 '빤히-'의 시선 때문에 아무것도 할 수 없었다고 한다. 전철을 타도, 버스를 타도 어머니의 그 '빤히'가 따라와, 너무 또렷해, 괴로웠다고 한다. 모든 것이 자기 탓만 같아, 그 뒤 어머니를 뵈러 내려가고 싶어도 그 '빤히'가 두려워 멈칫멈칫 망설여졌고, 망설이는 틈에 여기에 들어오게 되었다는 것이다.

보도블럭에 하이힐 뒷축이 끼었어
은밀하게 벌어진 틈이 가는 길을 자꾸만 막아 서

...(중략)...
하이힐 뒷축을 조심스레 빼고 아직 혈기 가시지 않은 틈, 붉은 벽돌을 바로 놓으려는 순간 좁고 깊게 파인 그 아득한 구멍 ...(중략)... 이제 막 발아한 씨앗, 초록이 눈을 들어 나를 보네 당신과 나, 은밀하게 벌어졌던 틈새를 밀고 올라오는 비밀스럽고 파리한 힘, 새로운 길을 내는 저 위대하게 연약한 300볼트의 플러그

_ 손옥자의 「틈」 부분

포도는 열매가 익는 틈을 타서, 중간에 한번 아프게 비틀어주면, 그 단맛이 훨씬 강해진다고 한다. M씨도 틈틈이 아프게 몇 번 비틀렸으니, 곧 알알이 영근, 탱글한 열매들을 만날 것이다.

죽은 줄 알고 윗목에 밀어놓았을 때, 울음을 터트리고 일어났던 것처럼 그렇게 울음 한 번 크게 울고, 다시 힘차게 걸음하기를 바란다.

우리 집 거실 백자 화분도, 갈라진 틈에 스카치테이프를 고무밴드처럼 붙이고, 놀란 채홍란을 아침햇살 끌어와 다독이고 있으니, 곧 꽃대를 밀어 올릴 것이다. 그리고 다디단 봄을 가져올 것이다.

영광, 그 뒤

20××년 10월, 예술의전당 한가람디자인센터에서 사진 전시회가 열렸다. 최병권 작가의 개인전이었다. 서울대에서, 또 카이스트에서 경제학을 강의하는 경제학 박사가 왜 갑자기 사진에 빠졌는지. 이른 나이도 아닌 40대에, 뉴욕, 싱가포르, 중국을 미친 듯이 넘나들며, 사진에 담아내고 싶었던 것은 무엇이었을까? 궁금했다.

풍광이 좋은 곳에 위치한 O교정시설은 다른 교도소와는 좀 달랐다. 거의 대부분이 경제사범들인 데다, 초범들로 구성되어 있다고, 우리가 처음 강의하러 갔을 때 교도관이 말해주었다.

아닌 게 아니라, 그들은 이런 상황이 익숙하지 않은 듯 어리둥절해했다. 다른 교도소의 수용자들이 모든 일들을 척, 척, 현실로 받아들이는 것과는 달리, 그들은 현실을 받아들이지 못하는 듯하였다.

나는 그들에게, 도화지와 크레파스를 나누어주고, '나'를 그려보라고 했다.

"여러분이 생각하는 여러분을 그리세요. 과연 '나'는 누구일까요?"

여기 들어오기 전에 대학에서 강의하고 있었다는 G씨는 도화지의 3분의 2가 땅속이었다. 그는 땅속에 앉아 있었다. 땅 속의 그는, 꾹 다문 입 하나가 있을 뿐 눈도, 코도, 귀도 없었다. 몸뚱이도 4분의 1이 없었다.

그는 지금 땅속에서 썩어가는 중이라고 했다. 팔 하나가 썩어서 없어지고, 가슴 한쪽도 썩어가는 중이라고 했다. 그동안 일이든, 사람과의 관계든, 인생이든, 소통하지 못한 무엇 때문에 이렇게 된 것 같으니, 잘 소통하기 위해서는 잘 썩어야 한다고 했다. 40여 년 만에 자신을 처음 들여다보았다고 했다. 들여다보고 있지만, 내가 누구고, 무슨 생각을 하고, 무슨 일을 했는지, 하고 있는지, 지금도 잘 모르겠다고 했다.

최 작가의 전시회장 입구에는 사람들이 몰려 있었고, 멀리서 바라본 그의 사진들은 울긋불긋 꽃 같기도 하고, 꽃밭 같기도 했다.

아, 그러나 아니었다. 그것은 꽃이 아니라 상처였다.

영광, 그 '뒤'였다.

화려한 컬러로, 세련된 디자인으로, 오고 가는 사람들의 눈과 마음을 사로잡았던, 가장 감각적이고 솔깃한 문구들이 차지했던 자리, 화려할 대로 화려한 광고물들이 앞다투어 자리 잡고 있었던, 그 영광의 '뒤'였다.

영광이 물러간 뒤, 그 영광을 붙들고 있던 스카치테이프 붙어 있던 자국, 찢긴 청테이프, 찢어진 홍보물, 늘어진 끈, 그 한쪽 끝을 아직도 물고 있는 호치키스, 그들을 놓친 지 얼마 되지 않았는지 아직 끈적이는 풀⋯⋯.

상처가 벌건 채로, 벽에 비스듬히 기댄 채로, 한 팔이 늘어진 채로, 찢긴 채로, 놓친 영광을 내려다보고 있었다.

> 꽃잎은 안다
> 꽃대가 쥐고 있을 때만

영광이라는 것을

_ 손옥자의 「안다」 전문

영광을 놓친 상처들은 빨강, 파랑, 초록……, 서로 자기들끼리 어우러져, 어느새 하나의 꽃이 되고 있었다. 오목한 상처가 볼록한 상처를 감싸 안으면서, 또 하나의 아름다운 세계를 완성하고 있었다.

G씨도 땅속 썩은 몸 위로, 새순을 올리고 있었다. 머리 위로 봄 열심히 밀어올리고 있었다.

그래도 우리에게 격정의 여름이 있었고
눈보라 치는 겨울이 있었고…
그래도 우리는 끝내
서로의 팔을 풀지 않았지

물렁한 상처가 뾰죽한 상처를 안으면서
우리는 얼마나 느리게 섞이어 왔던가

너의 그 까칠함이 가늘고 질긴 힘줄이 되기까지
내 물렁한 삶이 견고한 터전을 마련하기까지

제4부 틈

우리는 또 얼마나 오래

느리게

섞이어 가면서

우리의 사랑을 끝내

단단하게 세워갈 수 있을 것인가

_ 손옥자의 「아직 공사 중」 부분

사막이 아름다운 것은 어딘가에 샘을 숨기고 있기 때문이라고 생텍쥐페리가 말한 것처럼, 상처 역시 어딘가에 분명 꽃을 숨기고 있을 것이다. 그래서 상처는 벌겋게 부풀어 있는 것이고, 부풀어 있다고 하는 것은, 곧 발아할 수 있음을 알리고 있는 것일 것이다.

베란다 그늘에 갇혀 있던 우리 집 난이 그늘을 밀어내고 오랜만에 입을 열었다. 보라색 말들이 또렷또렷 예쁘다.

G씨가 밀어올린 파란 싹, 그 속에 옹알옹알 맺힌 말들도, 이번 햇살로 봇물 터지듯 터지기를 바란다. 그래서 마음껏, 속 시원해지기를 바란다. 벌써 봄이다.

씽끗,

올봄은 참 더디게 왔다. 올 듯 올 듯 쉽게 속을 내보이지 않더니, 어느 순간 봄이 뿌연 안개를 물고 나타났다. 우리 집 베란다 앞에도 성글게 벚꽃이 피었고, 벚꽃 너머로 백목련이 크게 입을 벌리고 웃는다.

웃.는.다.

그도 가끔 저렇게 환하게 웃을 때가 있었던가?

사실 내가 교정시설에서 시 창작 강의를 하게 된 것은, 〈울고 싶어라〉의 가수 이남이 선생님 때문이었다. 노래로 이, 저 교정시설에 봉사하던 그가, 교정시설에 시 창작 교실을 개설하면 어떻겠냐고 제의를 한 것이다. 나는 처음에 내켜하지 않았지만, 이남이 선생님의 강력한 제의로 시작한 것이 지금까지 온 것이다.

가수인 줄 알고 만났던 그가, 알고 보니 시인이었다. 그는 인생 자체가 시였다. 시처럼 살아왔고, 시처럼 죽었다.

감삿갓보다 더 방랑을 즐기고, 이태백보다 더 술을 좋아했던 그가 병원을 찾았을 때는 이미 폐암 말기였고, 입원한 지 두 달 만에 그는 죽었다.

죽기 하루 전날 그는, 진통제로도 통증을 가라앉힐 수가 없는지 가쁜 숨을 몰아쉬며 몸을 사시나무 떨듯 떨었다고 한다. 친구인 이부영 선생님이 당황하며, 떨고 있는 그의 손을 꼭 붙들어주었다.
"이거…… 어떻게…… 해야 하나? 내가 어떻게…… 해줘야 되지?"
당황하는 친구에게 그는 고통스런 상황과는 달리 담담하게 말했다고 한다.
"이보다 어떻게 더 편할 수가 있겠니?"

그는 모든 걸 초월한 사람 같았다. 삶도, 죽음도, 가난도 그는 초월해 있었다. 그에게 온 것은 그 어떤 것도 불편해하지 않았다. 죽음을 두려워하지도, 그렇다고 삶을 비껴가지도 않았다. 그저 있는 자리에서 그냥 있는 만큼 즐기며 살았다.

그와 나는 일주일에 다섯 번, 혹은 여섯 번을 만났다. 국가의 문화체육관광부와 한국문화예술교육진흥원, 그리고 법무부와 국방부가 우리에게 교도소와 군부대, 그리고 소년원학교에 문화예술교육을 맡긴 것이다. 그중 우리는 문학, 즉 시 창작을 담당하게 되었는데, 마음속에 울분, 우울, 그리고 화가 가득 찬 수형자들에게 시를 통해서, 화를 삭이고, 닫힌 공간에서 오는 스트레스를 해소하고, 자아와, 사회와, 세상과 잘 소통할 수 있도록 도와주는 역할을 하라는 것이다.

이남이 선생님은 설명의 요지를 금방 알아듣고는 바로 타이틀을 정했다. '담쟁이 문예대학!' 정말 기발하고 놀라웠다.

담이 있는 곳이면 어디나 오르는 담쟁이, 비바람이나 눈보라가 몰아쳐도, 담이 무너질지언정 담을 놓지 않는 담쟁이. 아무리 높은 담이라 할지라도 절대로, 꼭 넘어서고야 마는 담쟁이, 혼자만 살려고 발 빠르게 올라가는 것이 아니라, 모두의 손을 잡고 의싸의싸 같이 담을 넘는 담쟁이.
"시는 소통이 아니냐? 그러니 마음속에 갖고 있는 벽을 허물고 세상으로 나아가야지."
그는 천재였다.

막힌 담을 뚫으면
소통이라는 창구가 열리듯
오곡문(五曲門)이라는 프리즘을 통과하면
소쇄라는 특이점이 온다

그 특이점을 위하여
허리를 꺾어야 한다
고개를 숙여야 한다

오름이 아니라 내려가기 위하여
우리는 무릎을 꿇어야 한다

다섯 번 굽히라는 건
온전히 낮추라는 것

몸 낮춘 것들이 흐르는 소리
소소소소~
쇄쇄쇄쇄~
소쇄소쇄소쇄~

세상의 아래로 흐르는 것들의

제4부 틈

참

청아하고 맑은 소리

_ 손옥자의 「오곡문(五曲門) 통과하기」 전문

올봄은 참 더디게 왔다. 그리고 그는 지금 이 세상에 없다. 고독
했던 사람, 입만 열면 우스갯소리로 좌중을 사로잡고, 수형자들을
웃기고, 그 어떤 것과도 소통하지 못하는 것이 없던 그는, 그러나
늘 고독해 보였다. 그가 가지고 있는 세계는 독특했고, 그 초월적
사고를 우리는 쉽게 이해하지 못했다. 그래서 그는 늘 혼자였다.
그런 그는 고독했기 때문에 늘 우리를 찾았는지 모르겠다. 그는 늘
우리와 함께 있었고, 늘 혼자였다. 그는 고독한 이들을 사랑했고,
소외된 이들을 사랑했다.

"다 아시죠? 여기(감옥)가 한때는 내 집이었다는 거? 여러분과
같은 집에 살았었다는 거."
  그는 씽끗 웃었다.

선생님은 늘 씽끗, 한쪽 입술을 살짝 올리고 짧게 웃었다. 가장
고통스러운 순간에도 그는 웃었다.
"암이 저 죽는 줄 모르고 나를 잡네."
  씽끗,

씽끗,

그는 그렇게 갔다. 가면서 그는 이 세상에 아무것도 남기고 싶어 하지 않았다. 소양강변에 노래비 하나 세우고 싶어 하는 허전 선생님의 말도, 보령에 시비 하나 세우자는 제의도 그는 극구 사양했다. 모든 세속으로부터 훌훌 떠나버리고 싶었는지 모른다. 명예로부터, 친구로부터, 가족으로부터, 노래로부터, 이런저런 구설수로부터, 모든 인연의 끈으로부터 그는 벗어나고 싶었는지도 모른다.

마지막 수업에서 그는 고향만큼 편안한 곳이 없다며, 스스로 작사 작곡한 〈고향 가는 길〉을 수형자들과 불렀다. 그리고 그는 그 먼 고향으로 먼저 가버렸다.

그는 지금 구부정하게 등이 굽은 소나무 밑에 몸을 뉘였다. 그가 누워 있는 신륵사 뒷산에도 봄이 오고 있을까? 그리고 그곳의 목련도 접어놓은 몇 개의 웃음을 열고 있을까?

우리 베란다 앞 목련이 먼저 웃는다. 씽끗,

오름이 아니라 내려가기 위하여

우리는 무릎을 꿇어야 한다